D1678787

तुमने क्यों कहा था मैं सुन्दर हूँ?

(कहानी संग्रह)

तुमने क्यों कहा था मैं सुन्दर हूँ?

यशपाल

विप्लव कार्यालय, लखनऊ
की ओर से

लोकभारती प्रकाशन
पहली मंजिल, दरबारी बिल्डिंग, महात्मा गाँधी मार्ग, इलाहाबाद-1

विप्लव कार्यालय, लखनऊ
की ओर से

लोकभारती प्रकाशन

पहली मंजिल, दरबारी बिल्डिंग
महात्मा गाँधी मार्ग, इलाहाबाद-1
बेवसाइट : www.lokbhartiprakashan.com
ई-मेल : info@lokbhartiprakashan.com
शाखाएँ : 1-बी, नेताजी सुभाष मार्ग, दरियागंज
नई दिल्ली-110 002
अशोक राजपथ, साइंस कॉलेज के सामने
पटना-800 006

© विप्लव कार्यालय, लखनऊ

पहला संस्करण : 1954
वर्तमान संस्करण : 2010

आवरण चित्र : गोगी सरोज पाल

इण्डियन प्रेस प्रा. लि.
36, पन्नालाल रोड, इलाहाबाद-211 002
द्वारा मुद्रित

TUMNE KYON KAHA THA
MAIN SUNDER HUON
by Yashpal

ISBN : 978-81-8031-441-4

मूल्य : रु. 175.00

समर्पण

जीवित रहने की शक्ति और जीवन संघर्ष के लिये सामर्थ्य देने वाली जीवन की आकांक्षाओं को जागरित रख सकने के लिये यह प्रयत्न है।

—यशपाल

भूमिका

संसार की समृद्ध भाषाओं में कहानी कला का विस्तार और विकास खूब हो चुका है। परिस्थितियों के कारण हमारा देश और इस देश की भाषायें पिछड़ी रहीं। अब दूसरों के अनुभव से बहुत कुछ पाने का भी अवसर है। ऐसी परिस्थिति में हमारे देश की भाषाओं में भी कहानी कला का विकास दूसरे देशों की अपेक्षा भी तेजी से ही हो रहा है।

अब किसी वस्तु का विकास और विस्तार पर्याप्त रूप में होता है तो उसमें भिन्नतायें भी पैदा होने लगती हैं। इन भिन्नताओं के विचार से जो वस्तुयें एक प्रकार और शैली में आ सके उनके अलग-अलग वर्ग और उपवर्ग बनने लगते हैं। यह बात हमारी कहानी कला पर भी चरितार्थ हो रही है। इस समय हिन्दी और उसी के अन्तर्गत ऊर्दू में भी अन्य समृद्ध भाषाओं की ही तरह अनेक प्रकार और शैली की कहानियां लिखी जा रही हैं। प्रायः ही इन कहानियों में गठन और शैली का भेद इतना उग्र होता है कि दो भिन्न प्रकार की रचनाओं के लिये एक ही साहित्य परिभाषा 'कहानी' मान लेना कठिन जान पड़ता है। ऐसी अवस्था में कहानी की कला को अनुशासन में रखने के लिये कहानी की परिभाषा पर विचार करने की इच्छा असंगत नहीं समझी जानी चाहिये।

कहानी की परिभाषा निश्चित कर लेने और कहानी कला को अनुशासन में रखने के सुझाव का अभिप्राय कहानी कला का इस वर्ग के साहित्य के विस्तार और विकास पर बन्धन लगाना नहीं है, न उस पर किसी वाद या दल का एकाधिकार जमाना है। ऐसे विवेचन का प्रयोजन केवल कला को अधिक परिष्कृत और सार्थक करने की इच्छा ही होना चाहिये।

एक समय कहानी पढ़ी नहीं सुनी जाती थी। ऐसी भी कहानियां थीं जो महीनों चलती रहती थीं उदाहरणतः 'सहस्र रजनी चरित्र'। ऐसी कहानियां अनिवार्यतः एक घटना से प्रसूत होने वाली घटनाओं की श्रृंखलाएं होती थीं। आज घटनाओं की ऐसी श्रृंखलाओं की रोचकता और कलात्मकता पर सन्देह न करके भी उसे कहानी नहीं कहा जा

सकेगा। उसके लिये साहित्य के विभागीकरण ने और भी बड़ा नाम और परिभाषा 'उपन्यास' दे दी है।

आज दिन कहानी की यह परिभाषा या व्याख्या स्वयं ही सर्वमान्य हो गयी है। कि किसी प्रसंग या घटना का कार्य-कारण-सम्बद्ध वर्णन ही कहानी है, जिससे भावोद्रेक हो सके।

लेखक कभी-कभी भावों और विचारों के उद्‌गार से ऐसी भी रचनायें लिखते हैं जिनमें तथ्य या भाव को घटना के माध्यम से प्रस्तुत न करके केवल विचारों की श्रृंखला या शब्द-चित्र के रूप में पेश कर दिया जाता है अथवा कभी किसी विशेष व्यक्तित्व को उसके जीवन की किसी घटना का आधार लिये बिना ही पाठकों से परिचित कराने का प्रयत्न किया जाता है।

इस प्रकार की घटनाहीन, वर्णन-प्रधान रचनाओं की सारगर्भिता और रोचकता के विषय में सन्देह न होने पर भी उन्हें कहानी की व्याख्या और परिभाषाओं में ही क्यों समेटा जाये? क्योंकि कोई भी परिभाषा वस्तुओं के वर्ग की समता की द्योतक होती है।

पत्रकारों की भाषा में सभी खबरों को 'स्टोरी' कहा जाता है परन्तु वे कहानी की साहित्यिक परिधि और परिभाषा में नहीं आ सकतीं। इसी प्रकार काबुल या लासा के बाजार का वर्णन या सड़क पर हुये किसी कत्ल के वर्णन या साम्प्रदायिक सहिष्णुता अथवा विश्वशांति के सम्बन्ध में दो यात्रियों की बातचीत को या जीवन वृत्तान्तों को कहानी की परिधि में नहीं समेट लिया जा सकता।

नये-पुराने लेखक अपने विचार और उद्‌गार प्रकट करने के लिये कभी-कभी ऐसी शैली और माध्यम का उपयोग करते हैं जिसमें घटना के बिना वर्णन और वार्तालाप ही रहता है। ऐसी रचनाओं को कहानी न मानने पर उन लेखकों को असंतोष भी अनुभव होता है। यह मान लेना आवश्यक नहीं कि कहानी लिखने से बढ़ कर कोई कला है ही नहीं। जैसे कहानी के क्षेत्र का विस्तार हो जाने से उपन्यास और कहानी के क्षेत्र अलग-अलग बंट गये तो इस विभाजन से हानि के स्थान पर विकास में सहायता ही मिली है, उसी प्रकार कहानी के क्षेत्र में कहानी से भिन्न रूप-रंग और शैली की वस्तुओं की रचना हो जाने पर कुछ और वर्गीकरणों को स्वीकार कर लेने से भी हानि न होगी।

शब्द चित्रों, (sketches) गद्य-काव्यों (prose poetry) आपबीतियों, विचार-चित्रों (belle lettre) या कथात्मक निबन्धों (personal essays) को कहानी न मानने से भी उनकी रोचकता, कौशल या कलात्मकता से इन्कार नहीं किया जा सकता। यह कहानी की कला से प्रेरणा पाकर इस कला से ही उत्पन्न हुई कला की नव-विकसित स्वतंत्र शाखायें हैं। नक्शों, तालिकाओं या चार्टों को चित्र न मानने से उनकी सार्थकता और कौशल में तो सन्देह नहीं होता यों नक्शे के लिये मानचित्र शब्द भी समानार्थक है। ऐसे ही साहित्य के विभिन्न माध्यमों द्वारा कला-सृजन की प्रवृत्ति निबाहने पर उन्हें कहानी ही कहते जाने की जिद्द अनावश्यक है।

कहानी का सप्रयोजन और सार्थक होना तो अनिवार्य है परन्तु सामाजिक कल्याण की कामना से लिखी सभी रचनाओं को कहानी नहीं कह दिया जाना चाहिये।

समय-समय पर विचार-वस्तु के लिये उपयोगी माध्यम चुनने के विचार से मैंने स्वयं शब्द-चित्रों और अनुभूति प्रधान निबन्धों आदि की शैली का उपयोग किया है और उन्हें प्रकाशन की सुविधा के लिये कहानी संग्रहों में सम्मिलित भी कर लिया गया है परन्तु ऐसी रचनाओं को कहानियाँ मान लिये जाने का आग्रह मैं नहीं कर सकता।

१ जुलाई १९५४ —**यशपाल**

अनुक्रम

कोकला डकैत

'कोकला' जेल की जनाना बैरिक में कैदी जमादारिन थी।

कोकला को विश्वास और सम्मान का यह पद इसलिए दिया गया था कि बैरिक में केवल यही एक स्त्री डकैती के अपराध में सजा पाये हुए थी। कुल स्त्री कैदियों की संख्या अस्सी के लगभग थी। राजनीतिक कैदियों या कांग्रेस के सत्याग्रह आन्दोलन में सजा पाई स्त्रियों की संख्या ग्यारह ही थी। अधिकांश स्त्रियाँ पति सौत या सौत की संतान को जहर देकर मार डालने के अपराध में आयी हुई थीं। दो-तीन गरीब देहाती स्त्रियां लुटिया-धोती चुरा लेने के अपराध में सजा पाये थीं। एक स्त्री शायद मालकिन का जेवर चुरा लेने के जुर्म में सजा भुगत रही थी।

समाज में तो साधारणतः दूसरे सब अपराधों की अपेक्षा कत्ल या डकैती करने वाले के प्रति ही सबसे अधिक घृणा या भय प्रकट किया जाता है पर जेल में दूसरी ही नैतिकता चलती है। हम लोग साधारणतः जिन अपराधों की उपेक्षा कर जाते हैं, जेल के प्रबन्ध की दृष्टि से वही अपराध अधिक आशंकाजनक माने जाते हैं। अंग्रेजों ने सात समुद्र पार से अपनी केवल मुट्ठी भर बिरादरी लाकर डेढ़ सौ वर्ष तक इस देश की

चालीस करोड़ जनता पर सफलता से शासन कर दिखाया था। उनकी इस राजनीति का रहस्य इस देश के लोगों के सहयोग से ही इस देश का शासन चलाना था।

अंग्रेजी सरकार ने शासन की यही नीति जेलों में भी लागू की थी, अर्थात् जेल में बन्द डेढ़-दो हजार कैदियों को नियंत्रण में रखने के लिए, उन कैदियों में से ही कुछ लोगों को चुनकर काम चला लेना। प्रबन्ध में सहायता के लिए चुन लिए गये कैदियों को जेल विभाग के दूसरे नौकरों की तरह तनखाह नहीं देनी पड़ती। कैद की मियाद में कुछ छूट, कठिन परिश्रम से बचत और दूसरी कुछ सुविधाएँ देकर ही इन कैदियों को प्रबन्ध के लिए आवश्यक अमले में मिला लिया जाता है। ऐसे कैदियों को 'कैदी पहरेदार' (C.N.W.) 'कैदी निरीक्षक' (C.O.) 'कैदी-मुहर्रिर' (C.R.) और 'कैदी जमादार' (C.W.) के अवैतनिक पद दे दिये जाते हैं।

जेल के कायदे के अनुसार कुछ विशेष अपराधों के कैदियों को ही ऐसे पदों के लिए चुना जा सकता है। बहुत से अपराधों के कैदी भरोसे योग्य नहीं समझे जाते। उदाहरणतः राजनीतिक बन्दी या अच्छे पढ़े-लिखे कैदी विश्वास योग्य नहीं समझे जाते। कोकला यदि अपना नाम 'कोकिला' बता सकती तो उतनी विश्वास योग्य न होती। अच्छे पढ़े-लिखे किसी कैदी को जेल के दफ्तर में ड्यूटी देना उचित नहीं समझा जाता। जालसाजी (दस्तखत की नकल) या जेब काटने के अपराध के लिए जेल भेजे गये कैदी भी भरोसे लायक नहीं माने जाते। फौजदारी, कत्ल या डकैती के लिए सजा पाये लोग ही जेल के प्रबन्ध में सहयोग के लिए विश्वासपात्र समझे जाते हैं। नैतिकता या उपयोगिता के इसी मापदण्ड के अनुसार ही कोकला जमादारिन बन गयी थी।

यों तो पुरुषों की ही तरह स्त्रियों से भी सभी अपराधों की आशंका की जा सकती है परन्तु स्त्री के डाकू होने की बात सुनकर कुछ विस्मय जरूर होता है। सोचा, कोकला ने किसी औरत या बच्चे से कोई कपड़ा या जेवर छीन लिया होगा। इसके अतिरिक्त वह और क्या डकैती कर सकी होगी?

पूछने पर कोकला टाल देती—'हाँ बीबी जी, तुम भी क्या कहती हो। तुम्हीं जानो, औरत जात क्या डकैती करेगी?''

इस उत्तर से समाधान नहीं हुआ। सुना है पुरुष कैदियों का भी यही तरीका है। कैदियों से उनके अपराध की बात पूछने पर प्रायः ही उत्तर मिलता कि उन्होंने कोई अपराध नहीं किया; अदावत के कारण उनके खिलाफ गवाही गढ़ कर उन्हें फँसा दिया गया है। कोकला ने आरम्भ में भी ऐसा साफ झूठा नहीं बोला इसलिए उसका मामला जानने की और भी उत्सुकता थी।

उस रात कोकला रौंद (round) की ड्यूटी पर थी। दिन भर की घुटन के बाद रात में रिमझिम पानी बरस रहा था। वह कम्बल ओढ़े और हाथ में लालटेन लिए रौंद लगाती हुई मेरी कोठरी के सामने से गुजरी। उसकी ड्यूटी थी कि रात में कोठरियों और बैरिकों के चारों ओर घूम-घूम कर चौकसी रखे कि कोई कैदिन भागने का यत्न तो नहीं कर रही। मेरी लालटेन जलती देखकर उसने जगते होने का अनुमान कर पुकार लिया—"बीबी जी, राम-राम!"

रात में कुछ देर पढ़ सकने के लिए मुझे एक हरीकेन लालटेन दे दी गयी थी। पुस्तक पढ़ने का यत्न कर रही थी पर मन नहीं लग रहा था। कोकला को उत्तर दिया—"आओ जमादारिन, खामुखाह भीग क्यों रही हो? इस पानी में दीवार फाँद कर कौन भागी जा रही है?"

"बीबी जी, जरा चाबी पूरी कर आऊँ, आकर बैठती हूँ।" कोकला ने उत्तर दिया।

कैदियों और कैदिनों को जमादार बनाकर भी सरकार उनका पूरा भरोसा नहीं कर लेती। इन जमादारों या पहरेदारों की कमर पर पेटी में एक घड़ी बँधी रहती है। जेल की दीवारों और इमारतों में स्थान-स्थान पर जंजीरों से चाबियाँ बंधी रहती हैं। पहरेदार इन चाबियों को अपनी घड़ी में लगाते रहते हैं। सुबह घड़ी के बीतर लगा कागज खोल कर देख लिया जाता है कि रौंद ठीक ढंग से लगाई गई थी या पहरेदार रात में ऊँघता रहा था। कोकला चाबी पूरी करके कुछ ही मिनट में लौट आयी। वह मेरी कोठरी के जँगलेदार बन्द दरवाजे के बाहर अपना लहँगा समेट कर जमीन पर ही बैठ गयी थी। मैंने जेल का कम्बल सीखचों से बाहर धकेलते हुए कहा—"हाय, जमीन पर क्यों बैठती हो? कम्बल ले लो!"

मेरे सौजन्य से संतुष्ट होकर कोकला ने उत्तर दिया—"मालकिन, यहाँ उम्र भर ऐसे ही उठते-बैठते रहे हैं। अपना कम्बल क्यों खराब करती हो।

ठंडा-ठंडा तो और अच्छा लग रहा है। गरमी के मारे प्राण निकल रहे हैं।''

''कोकला, तुम्हारा घर तो पहाड़ पर जान पड़ता है।'' मैंने उसके उच्चारण से अनुमान प्रकट किया, ''तुम्हें तो बरेली की गरमी बहुत सताती होगी?''

'हाँ बीबी जी, नैनीताल की हूँ।'' कोकला ने समर्थन किया, ''आपने तो देखा होगा नैनीताल? आप जैसे बड़े लोग गरमी में नैनीताल जाते हैं।''

''हाँ हाँ देखा क्यों नहीं। हमारी बेटी वहीं स्कूल में पढ़ती है। हर साल जाते ही थे। क्या बतायें; इस साल अंग्रेजों से लड़ाई में जेल काट रहे हैं।''

'हाँ मालकिन और क्या?'' कोकला ने सहानुभूति प्रकट की, ''नहीं तो जेल आप जैसे लोगों के लिए थोड़े ही है। आप लोगों को क्या कमी है जो जेल में जायें। आप राजा लोग हैं। राजा, राजा की ही लड़ाई हो सकती है।''

उसकी बात से झेंपकर बात बदलने के लिए पूछ लिया—''तुम्हारा घर नैनीताल से कितनी दूर है?''

''दूर क्या, खास नैनीताल की हूँ मालकिन!'' कोकला ने गर्व से उत्तर दिया।

''खास नैनीताल की?'' नैनीताल में उसका घर किस जगह है, यह जानने के लिए विस्मय प्रकट किया।

''हाँ बीबी जी, खास नैनीताल में,'' उसने समझाया, ''कालाखान जानती हो न! वहीं नीचे ही हम लोगों की बखरी (छप्परों की बस्ती) है।''

''क्या काम होता है तुम लोगों के यहाँ?''

'काम क्या; बीबी जी, हम लोग घास-लकड़ी का काम करती हैं। मर्द लोग कुली-उली का काम करते हैं। शीझन (सीजन) में रिक्शा, डांडी ढोते हैं, जाड़ों में पत्थर ढोते हैं।''

''हूँ मिला-जुलाकर गुजारा चल जाता होगा।'' मैंने सहानुभूति प्रकट की।

"मालकिन, गुजारा ही चल जाता तो यहाँ क्यों आ मरती?" कोकला ने निस्संकोच कह दिया।

"तो क्या तुमने सचमुच डकैती की थी?" मैंने अविश्वास प्रकट किया।

"अब जो समझ लो; झूठ बोलने से क्या बन जायेगा मालकिन?" कोकला ने एक गहरी साँस छोड़ी, "अब तो सजा कट ही गयी।"

"डकैती में और लोग भी तुम्हारे साथ रहे होंगे? अकेली तुमने क्या किया होगा?" उसे उत्साहित करने के लिए प्रश्न किया।

बरसाती रात के एकान्त में कोकला का मन भर आया। अब तक जिस रहस्य को वह टालती आ रही थी, वह उसके गले से उमड़ने लगा। उसने बताया :—

कोकला की बिरादरी की स्त्रियाँ नैनीताल के आस-पास के बीहड़ ढलवानों पर, घने जंगलों से घास और लकड़ी बटोर कर नैनीताल के बाजार में बेंचती हैं। भारी से भारी बरसात में भी उनका यह काम चलता ही रहता है। इन लोगों के लहँगे और ओढ़नी चौमासे भर गीले ही बने रहते हैं। याद आ गया, यदि नैनीताल की सुथरी सड़क पर घास वाली पास से गुजर जाये तो नाक पर रूमाल रखे बिना नहीं सरता। शायद इसीलिए म्यूनिसिपैलिटी ने मुख्य सड़क के समानान्तर बोझ ढोने वालों और पशुओं के लिए दूसरी सड़क बनवा दी है।

सब मुसीबत झेलकर भी घास और लकड़ी के दाम इतने कहाँ मिलते हैं कि दोनों जून बाल-बच्चों के लिए रोटी-दाल चल जाये। घास और लकड़ी के कमर तोड़ बोझ के दाम सात-आठ आने से अधिक नहीं मिलते। वह भी कितने दिन? जहाँ असाढ़ की बौछारें शुरू हुईं और नैनीताल में कोहरा भरने लगा, मैदानों से आये सैलानी साहब लोग भाग चलते हैं। इन साहब लोगों का शौक पूरा करने के लिए रामपुर और बरेली से आये घोड़े वाले भी, अपने जानवर लेकर लौट जाते हैं। घास और लकड़ी की बिक्री कम हो जाती है। उन स्त्रियों का यही रोजगार है, उनके लिए दूसरी जगह भी नहीं, वे क्या करें? गुजारा चलाना ही पड़ता है। उन्हें कुछ घास-लकड़ी की बिक्री से, कुछ सूनी जंगलाती सड़क पर सैर के लिए आने-जाने वालों से मिल जाता है।

सूनी जंगलाती सड़क पर सैर के लिए निकलने वाले लोगों से कुछ मिल जाने का मतलब भीख मिल जाना नहीं है। नैनीताल जाने-आने वाले उस सड़क की चर्चा कनखियों से करते हैं। सड़क पर घासवालियाँ अक्सर दिखाई दे जाती हैं। शौकीन लोग उन्हें देखकर खाँस-खँखार देते हैं। घास वाली के मुस्करा देने पर दो-तीन चवन्नी में सौदा तय हो जाता है। कभी घास वाली के पेड़ों या घास की आड़ में रहने से सैलानियों की नजर उस पर न पड़े तो घास वाली ही सड़क पर कंकड़ फेंक कर या सीटी बजाकर ध्यान खींच लेती है। ऐसा संकेत न समझ पाने वाले नये लोगों से, यह औरतें सड़क पर आकर सिगरेट या बीड़ी माँग बैठती हैं। माँगने का ढंग काफी कौतुकपूर्ण होता है।

इन औरतों का सुविधा से दो-तीन चवन्नियाँ कमा लेने का प्रलोभन नैनीताल की छावनी के अधिकारियों के लिए कठिन समस्या बन गया था। इस सड़क पर यह रास्ता शौक, घर-बार से बिछुड़े सिपाहियों और खास तौर पर उच्छृंखल गोरों के लिए अदमनीय आकर्षण बन गया था। वे छिप-छिप कर वहाँ जाते और दो-तीन चवन्नी में शौक पूरा कर रोग घाते में ले जाते इसलिए सरकार को इन स्त्रियों की चिन्ता के कारण नहीं, ब्रिटिश साम्राज्य के बहादुर सिपाहियों के स्वास्थ्य की रक्षा के लिए इस सड़क पर देखभाल रखनी पड़ती थी। जगह-जगह नोटिस लगा दिये गये थे—यहाँ बत्तमीजी करने वालों को सजा दी जायेगी।

उस जंगलाती सड़क से घास-लकड़ी लाने वाली अधिकांश औरतें जैसे गुजारा करती थीं, वैसे ही कोकला का भी गुजारा चलता था। एक दिन बोझ ढोते समय उसका आदमी ठोकर खा गया था। उसके पाँव का अँगूठा पक गया। वह पाँव की पीड़ा से कई दिन तक घर बैठा रहा। कोकला की कमाई पर ही तीनों बच्चों और मर्द-औरत का निर्वाह हो रहा था, तिस पर लड़ाई के जमाने की महँगाई। कोकला ने जल्दी-जल्दी घास काट, बोझा बाँध, एक पेड़ के तने से टिका दिया और आते-जातों की प्रतीक्षा में बैठी थी। पिछले दो दिन से उसे सड़क पर कुछ न मिला था। पैसे की कमी से वह परेशान थी। बनिया दो-तीन रुपये से अधिक उधार भी नहीं देता था। पिछली रात बच्चों और मर्द को यों जैसे-तैसे कुछ खिला दिया था पर स्वयं भूखी ही रह गयी थी।

कोकला ने सड़क पर एक आदमी आता देखकर ओठों से धीमी सी सीटी बजायी। आदमी बिना ध्यान दिये चला आ रहा था। वह सड़क पर आ गयी और उस आदमी से बीड़ी माँगी। कोकला का चेहरा यों भी आकर्षक नहीं था। शायद उस दिन पिछली रात से भूखी होने के कारण वह और भी मुर्झाई हुई लग रही थी। आदमी ने मुस्कराकर एक बीड़ी उसकी ओर फेंक दी पर रुका नहीं। कोकला खिसियाकर रह गयी। कुछ ही देर में दूसरा आदमी दिखाई दिया। कोकला ने फिर साहस किया। उसके समीप जा मुस्कराकर होठों पर हाथ रख बीड़ी के लिए संकेत किया।

यह आदमी दूसरे ढंग का था, 'हिश्त!' उसने कोकला को डाँट दिया और चलता चला गया। कोकला की निराशा दुस्साहस में बदल गई। वह आपे से बाहर हो गई थी। उसने बगल में दबा घास काटने का हँसिया आदमी को डराने के लिए उठाकर धमकाया—"हिश्त क्या।.... शाले अभी निकाल दो चवन्नी, नहीं तो अभी तेरा मूँड़ काटकर जंगल में फेंक देती हूँ?"

आदमी सहम गया। यदि वह लड़ने के लिए तैयार होकर मूँड़ न भी कटने देता तो हंसिये से एकाध खोंच लग जाना भी तो कोई अच्छी बात न थी। एक अठन्नी के लिए इतना जोखिम झेलना उस आदमी को उचित न जँचा होगा। उसने चुपके से अठन्नी निकाल कर कोकला की ओर फेंक दी।

उस समय तो कोकला की समस्या हल हुई ही पर उसे जान पड़ा कि उसे बहुत अच्छा उपाय सदा के लिए मिल गया। हँसिया दिखाकर धमकाने से दो चवन्नी आसानी से मिल सकती है, तो उसके लिए काँटों और कीचड़ से भरी जंगल की जमीन पर परेशानी सहने की क्या जरूरत? कुछ दिन वह ऐसा ही करती रही। इस तरीके में आदमी की खुशी नाखुशी का भी सवाल न था।

कोकला ने कभी नहीं सोचा कि अठन्नी लेने का नया ढंग उसने अपना लिया था, उसका प्रभाव कितनी दूर तक पहुँच रहा होगा। वह अपनी सफलता के भरोसे नये ढंग पर चली जा रही थी। अन्तिम दिन भी एक आदमी की सीटी सुनकर वह सड़क पर आ गयी। उस आदमी

के बीड़ी पिलाने के प्रस्ताव पर कोकला ने उसे हँसिये से धमका कर दो चवन्नी मांगी।

इस आदमी ने ऐसा व्यवहार किया मानो बहुत डर गया हो।

"अच्छा देता हूँ" कह कर वह भीतर-बाहर की जेबें टटोलने लगा। इधर-उधर देखता जा रहा था। जेब से पैसा निकालने के बहाने उसने एक तमंचा निकाल कर कोकला की छाती पर रख दिया और गाली देकर हँसिया जमीन पर डाल देने का हुक्म दिया।

कोकला हक्की-बक्की रह गयी।

आदमी ने बहुत जोर से एक तमाचा भी कोकला के मुँह पर जड़ दिया और जेब से सीटी निकाल कर जोर से बजा दी। दो और आदमी भागते हुए आ गये।

कोकला हैरान रह गयी। पुलिस ने उसे गिरफ्तार कर लिया था।

कोकला गिड़गिड़ायी, रोयी, सिपाहियों के पाँव छुए परन्तु सिपाही किसी तरह नहीं माने। उसे थाने ले जाकर हवालात में बन्द कर दिया गया। 'घासवाली डकैत' की रपट लिखाने वालों को थाने में बुलाया गया। कोकला पहचान ली गई। कोकला द्वारा लूटे जाने वाले पीड़ितों में दो गोरे सिपाही भी थे। मुकद्दमा चला, कोकला को तीन बार डकैती करने के अपराध में चार वर्ष के कठोर कारावास की सजा दे दी गयी।

अपनी बात सुनाकर कोकला ने गहरी साँस लेकर चिंता प्रकट की—जेल की सजा पूरी कर वह छूट भी जायगी तो कहाँ जायेगी? जाने उसके आदमी ने और ब्याह कर लिया हो। उसके तीनों बच्चों का क्या हुआ होगा? उसकी बिरादरी के लोग क्या कहेंगे?

कोकला उठ कर दूसरी रौंद लगाने चली गयी। मैं अठन्नी की डकैती की बात सोचती रही।

अठन्नी की डकैती के लिए चार वर्ष की सजा और कोकला के बच्चों को माँ के अपराध के लिए, माँ छिन जाने की सजा। पर डकैती तो डकैती है, चाहे आठ पैसे की हो या आठ लाख रुपये की। कोकला के जोर-जबर से किसी से आठ आने छीन लेने के अपराध की उपेक्षा कोई भी सरकार कैसे कर सकती है? लोगों की सम्पत्ति की रक्षा कर अमन कायम रखना ही सरकार का काम है लेकिन कोई भी पुरुष

व्यक्तिगत रूप से अपनी स्त्री का किस ढंग से आठ आने ले लेना अधिक अक्षम्य समझेगा? हँसिये के जोर से या····? परन्तु व्यवस्था की दृष्टि से तो सम्पत्ति और अमन की रक्षा ही अधिक महत्वपूर्ण है।

कोकला का हँसिये के जोर से सड़क पर अठन्नियाँ छीनना वास्तव में डकैती थी परन्तु अठन्नी के जोर से बीसियों बार कोकला से जो छीना गया, वह कानून की नजर में क्या था?

उसकी तो कोकला शिकायत भी नहीं कर सकती थी····।

●

हुकूमत का जुनून

आत्म-सम्मान निबाहने के लिए मैं यही उचित समझता हूँ कि किसी से ऐसी सौजन्यता स्वीकार न करूँ जिसका प्रतिदान मैं नहीं दे सकता। ऐसे व्यवहार के कारण कालिज में कई सहपाठी मुझे कुछ अभिमानी या असामाजिक ही समझ बैठे थे। दूसरों के एहसान उठाने की उपेक्षा मैं ऐसी गलतफहमी के बोझ को ही बेहतर समझता हूँ।

बज्रबहादुर सिंह के साथ अपना यह नियम निबाहने में अड़चन होती थी बल्कि निबाह ही नहीं पाता था। उसका ढंग कुछ ऐसा ही था। सामन्ती परम्परा की संस्कृति की सूक्ष्मता, जिसे अनुभव तो किया जा सकता था परन्तु पकड़ में न आती थी। एक प्याला चाय पीने के लिए कहना हो तो वह कहेगा—आओ यार, यह चाय तुम्हें अच्छी तो क्या लगेगी, पर क्या है पी डालो। सिनेमा साथ ले जाना हो तो—भैया तुम्हें खलेगा तो सही, पर जरा साथ दो; बातचीत में दोनों का समय कट जायेगा।

इस शालीनता के साथ बज्रबहादुर के कुछ व्यवहार ऐसे भी थे जिन्हें ठकुरैती प्रदर्शन के सिवा और कुछ नहीं समझा जा सकता था।

उदाहरणतः बोर्डिंगहाउस में रहने के बजाय तीन कमरों का एक फ्लैट लेकर, दो नौकरों और भोजन बनाने वाले महाराज के साथ रहना। कुछ दिन तो वह मोटर भी रखे हुए था। मोटर न रहने पर कहीं जाने से पहले नौकर को भेजकर ठीक कमरे के सामने टाँगा मँगा लेता था। उसके भिन्न-भिन्न व्यवहारों में मैं कभी कोई सामंजस्य नहीं पा सका। उसकी निश्छल आत्मीयता को ठुकराते भी न बनता था। उसके और अपने व्यवहार के अन्तर में बड़ी खाई से संकोच भी बना रहता था।

बज्रबहादुर की कई बातें याद हैं लेकिन उसकी चरित्र की गुत्थी की गाँठ के रूप में एक छोटी सी बात सबसे अधिक याद है; वह है उसका सड़ी से सड़ी गरमी में भी सदा कमरे के भीतर दरवाजे और खिड़कियाँ बन्द कर के सोना। इलाहाबाद, लखनऊ में ऐसा नियम निबाहना कितना कठिन है, यह बताने की जरूरत नहीं। बिजली का पंखा बेशक चलता रहे पर खुले आकाश के नीचे सोने का सा सुख तो उससे नहीं मिल सकता। वह सदा बन्द कमरे में ही सोता। आन्तरिकता हो जाने पर मालूम हुआ कि तकिये के नीचे भरा हुआ पिस्तौल भी रखा रहता था। मध्य-प्रदेश की एक रियासत का ठिकानेदार होने के कारण उसके पास पिस्तौल का लाइसेंस था। बन्द कमरे के बांहर उसका नौकर दरवाजे पर मौजूद रहता।

बज्रबहादुरसिंह के यहाँ जितने साथी पहुँच जायें, वह सदा उदारता से जल-पान कराता परन्तु स्वयं कभी दूसरे के यहाँ पानी भी उसने नहीं पिया। मैं इसे उसका अहंकार ही समझता था परन्तु रहस्य खुलने पर उसके प्रति करुणा या उसकी कायरता के लिए ग्लानि ही अनुभव हुई। कोई पुस्तक माँगने या लौटाने के लिए उसके यहाँ गया था। वह उसी समय बाहर से लौटा था, बेवक्त खाने बैठा था।

बज्रबहादुर भोजन के लिए कमरे में एक ओर आसन पर बैठा था। थाल सामने था। उसके सामने उसकी रसोई बनाने वाला महाराज फर्श पर उकड़ूं बैठा था। एक पत्तल उसके सामने भी थी। बज्रबहादुर अपने थाल में परोसी प्रत्येक वस्तु का एक-एक ग्रास महाराज के सामने पत्तल पर रखता जा रहा था और महाराज उसे निगलता जा रहा था। भोजन परोसा जा चुकने के बाद मालिक का स्वयं रसोइये को चखाने का ढंग कुछ विचित्र सा लगा। बज्रबहादुर के चेहरे पर आ गयी हल्की झेंप ने

समस्या हल कर दी। जानकर दुख हुआ कि इस आदमी को अपने रसोइये का भी विश्वास नहीं। इसे प्रतिक्षण विष खिला दिये जाने की आशंका बनी रहती है। ओफ! कितना भीरु है?

लेकिन बज्रबहादुर भीरु नहीं था। बोर्डिंग में आते ही जिस घटना से मेरा ध्यान विशेष रूप से उसकी ओर गया था, वह भी भूल नहीं सकता। चौथे पहर हम कई लोग कालिज से बोर्डिंग लौटे थे। बज्रबहादुर भी बातचीत करता साथ ही चला आया था। घोष अपने कमरे के सामने रुक गया। हम लोग आगे बढ़ गये। सहसा घोष की भयार्त चीख बहुत जोर से सुनायी दी।

हम लोगों ने पलट कर देखा। घोष ने कमरे का ताला खोल कर किवाड़ों को भीतर धकेला ही था कि चीख कर पीछे कूदने से गिरते-गिरते बचा। दूसरे कई लड़के भी दौड़ आये। घोष की घिग्घी बँध गई थी। देखा कि उसके कमरे के बीचों-बीच एक बहुत बड़ा काला साँप कुण्डली बाँधे, फन को हाथ भर उठाये युद्ध की मुद्रा में बैठा है। कोबरा भाग जाने का यत्न न कर दरवाजे के बाहर खड़ी भीड़ को फुफकारों से धमका रहा था।

कुछ लड़के दौड़कर हाकियाँ और लाठियाँ ले आये। कोई क्रिकेट खेलने का चौड़ा बैट और कई विकटें उठा लाये। यह सब अस्त्र-शस्त्र जुट जाने पर भी आगे बढ़ कर प्रहार करने की हिम्मत किसी को न हो रही थी। यही बुद्धिमानी समझी गई कि हिम्मत करके दरवाजा फिर मूँद दिया जाये; कोबरा कमरे की मोरी से पिछवाड़े बाग में निकल जायेगा।

बज्रबहादुर ने विरोध किया—"कोबरे का बाग में रहना क्या कम खतरनाक है? किसी भी समय किसी का पाँव उस पर पड़ सकता है। साँप को देख लिया है तो छोड़ देना ठीक नहीं है।" उसने अपनी कमर से छोटी पिस्तौल निकाल ली और बोला, "कहो, मैं इसके फन पर अभी गोली मार दूँ!"

दूसरे साथियों ने इस दुस्साहस का बहुत विरोध किया। कोबरा अपना फल लगातार हिला रहा था। आशंका थी कि निशाना चूक जाने पर सांप प्रतिहिंसा में चोट करेगा, तब दो या चार जितने भी लोग उसकी झपट में आ जावें····?

बज्रबहादुर ने पिस्तौल खिलवाड़ से हाथ में उछालते हुए उत्तर दिया—"आप लोग जितनी दूर सुरक्षित समझें, हट जावें। मेरा निशाना अगर चूक गया तो मैं साँप से समझ लूँगा।...यह हाकी तो है ही।" किताबें एक ओर रखकर उसने दूसरे हाथ में ले ली।

सब लोग बरामदे से नीचे कूद कर सहन में तीस-चालीस कदम दूर जाकर बज्रबहादुर और कोबरे का युद्ध देखने के लिए खड़े हो गये। सब के कलेजे धुक-धुक कर रहे थे। बज्रबहादुर हाथ में पिस्तौल साधे कमरे में चला गया। वह कोबरे के बहुत समीप हो गया। कोबरे के फन और पिस्तौल थामे उसके हाथ का अन्तर गज भर ही रह गया होगा। कोबरा फुफकारता हुआ अपने फन को हिला रहा था। बज्रबहादुर का हाथ भी फन की गति के साथ ही हिलता जा रहा था। हम लोगों के कलेजे मुँह को आ रहे थे कि कोबरा किसी भी समय झपट कर बज्रबहादुर के हाथ पर काट ले सकता है।

सहसा पिस्तौल के चलने का शब्द सुनाई दिया और बज्रबहादुर शांति से कमरे के दरवाजे के बाहर आ गया।

कोबरा बड़ी छटपटाहट में उछल-उछल कर अपने ही चारों ओर बल खाये जा रहा था।

हम लोग दौड़ कर वहाँ पहुँचे। कोबरे का फन कट कर छितरा गया था। फन को बार-बार फर्श पर पटकने से खून के छींटे उड़ रहे थे। फर्श पर भी बहुत सा खून फैल गया था। बज्रबहादुर फिर कमरे के भीतर गया और कोबरे की छटपटाती पूँछ को पकड़ कर उसे फुर्ती से एक ही झटके से सहन में फेंक दिया। पिस्तौल को बहुत सहज भाव से कमर में खोंसते हुए उसने बहुत सहज भाव से ही कहा—"अच्छा, चलते हैं।" जैसे कुछ हुआ ही न हो। भीरुता और दुस्साहस का अद्‌भुत मेल था। इस अद्‌भुत मेल का रहस्य भी उसके मुँह से मालूम हुआ। अगस्त के दिन थे। ऐसी सड़ी गर्मी पड़ रही थी मानो शरीर से पसीने की जगह तेल निकल रहा हो। ऐसी अवस्था में रात में पढ़ाई क्या होती? बज्रबहादुर के यहाँ उसका बिजली का टेबल पंखा लगाये ब्रिज का खेल हो रहा था। आठ बजे आखिरी नम्बर खत्म करके उठे। चलते समय पंखे का फर्श पर पड़ा तार मेरे पाँव में कुछ ऐसा उलझ गया कि मैं तो गिरते-गिरते बचा

पर पंख स्टूल से नीचे जा पड़ा और पंखे की ढले हुए लोहे की खोपड़ी दो टुकड़े हो गयी।

मैं तो झेंप के मारे मर गया परन्तु बज्रबहादुर मानो मुक्ति का श्वास ले कर बोला—"बहुत अच्छा हुआ, इस साले से छुट्टी मिली। इतना शोर करता है यह पंखा कि नींद हराम हो जाती है।" और फिर अनुरोध सा किया, "मोती भैया, जरा बाजार तक साथ चलो तो एक पंखा लेते आवें, नहीं रात में परेशानी होगी।"

इन्कार कैसे करता?

बज्रबहादुर का नौकर एक टाँगा ले आया।

हम लोग नया पंखा खरीद लाने के लिए सिविल लाइन की ओर चल दिये। एलगिन रोड और कैनिंग रोड पूरी छान डाली। पान-बीड़ी, मिठाई की दूकानों और शराबखानों के सिवा सब कुछ बन्द हो चुका था। चौक तक पहुँचे तो वहाँ भी अधिकांश बाजार बन्द हो चुका था; पंखा न मिला।

लौटते समय मैंने सुझाया कि इंगलिश के नये लेक्चरार तुम्हारे मित्र रावत ने कुछ ही दिन पहले पंखा खरीदा है। बेतकल्लुफी है। वह बन्द कमरे में थोड़े ही सोता होगा; रात भर के लिए उसी से पंखा माँग ले।

"उहूँ" बज्रबहादुर ने दो टूक इनकार कर दिया, 'नहीं जी, क्यों किसी साले का एहसान लें। एक रात न सोये, न सही!"

शेष रास्ते भर मैं उसे समझाने की कोशिश करता रहा कि वह अजीब आदमी है। बाहर सोने में क्या खतरा हो सकता है? बोर्डिंग भर के लड़के सोते हैं। कौन उसकी जान के पीछे पड़ा है? उस दिन उसके सो न पाने की सम्भावना का उत्तरदायित्व मैं अपने ऊपर अनुभव कर उसे बाहर सोने के लिएं उत्साहित कर देना चाहता था।

मेरे बार-बार समझाने पर बज्रबहादुर बोला—

"तुम कहते हो, खतरा क्या है? कौन मेरी जान के पीछे पड़ा है? अरे, हमारे परिवार के लोग जिन्दा हैं यही क्या कम विस्मय है? यह सिर्फ अपनी हिम्मत और चौकसी की वजह से नहीं तो लोग दस-दस बार हमारा खून करके भी तृप्त हो जायें तो वही बात समझो। हमारी अड़तालीस गाँव की ठिकानेदारी में कौन हमारा दुश्मन नहीं है? हमारे

घर के लोगों ने कभी न कभी किस घर के लोगों को बेइज्जत या तंग नहीं किया या सजा नहीं दी? भैया हुकूमत यों ही नहीं चलती। मामूली लोगों का तो क्या, सैकड़ों राजपूत ठाकुरों को भी उनकी हेकड़ी तोड़ने के लिए ही जूते लगवा दिये होंगे। उनकी घर की औरतों को पकड़ मँगवाया होगा कि उनकी आँख नीची रहे। जागीर का कौन घर ऐसा होगा जिसकी बहू-बेटी ठिकाने पर न बुलाई गयी होगी? कितनी बार तुमसे कहा है, एक बार हम लोगों के यहाँ चल कर दस-पाँच दिन रहो, तभी कुछ समझोगे। हमारे यहाँ पुराना कायदा चला आ रहा है कि मेहमानों को अपनी कोई चीज-बरतन-भाँडा व्यवहार में नहीं लाने दिया जाता। जो चीज वे इस्तेमाल करते हैं, रवानगी के समय उनके असबाब में सहेज दी जाती है।

"तीज-त्यौहार पर रैयत सलामी-नजराने के लिए न आये, तो यही हमारी अवज्ञा समझ लो। इस बार तीजों पर एक गरीब घर की जवान ठकुराइन रनिवास से लौट रही थी। अपनी नजर पड़ गयी। दिन भर खयाल से उतरी रही पर रात सोने जा रहा था कि उसका ख्याल आ गया। पिस्तौल जेब में डाला और अकेले ही पाँव पैदल उसके यहाँ जा पहुँचा। ठाकुर की बुढ़िया माँ सामने पड़ी। उसे पिस्तौल दिखाकर पूछा—

—"तुम्हारी बहू कहाँ है?"

"बुढ़िया ने सहम कर आँगन से छत की ओर हाथ उठा दिया।

"चुप बैठी रह। मुँह से बोल फूटा तो गोली मार दूँगा।" बुढ़िया से कहा और खुद जीना चढ़ छत पर जा पहुँचा।

"बुढ़िया का जवान लड़का और बहू बिस्तर में एक दूसरे से लिपटे थे। लड़के की खोपड़ी पर पिस्तौल की नली रख कर मैंने कहा—'छोड़ो, उठो!"

"वह हड़बड़ा कर उठ गया। बहू दशहत में कपड़ा भी ओढ़ना भूल गयी।"

"ठाकुर को बाँह से पकड़ कर खटिया के सिरहाने दूसरी ओर मुँह करके खड़ा कर कह दिया की जरा हिला तो खोपड़ी में गोली मार दूँगा। जब तक मैं उसकी चारपाई पर रहा, साला वैसे ही काठ की तरह खड़ा रहा···तुम्हीं कहो, हम लोगों को खतरा नहीं तो खतरा है किसको?

"इन्हीं गरमियों की बात है। ठिकाने का एक राजपूत शायद लखनऊ, कानपुर में नौकरी-मजदूरी करता होगा। छतरी लगाये हमारी ड्योढ़ी के सामने से जा रहा था। दरबान ने उसे टोका। राजपूत ने हेकड़ी दिखायी। यहाँ इलाहाबाद में भंगी भी हमारे सामने से छतरी लगा कर गुजर जाये तो अपने को मतलब नहीं लेकिन अमलदारी में दूसरा कायदा होता है। एक दिन रिआया छाता लगाकर सामने से गुजरेगी तो दूसरे दिन आँख से आँख मिलाकर सवाल करेगी—तुम मालगुजारी लेने वाले कौन होते हो? पैदा तो हम करते हैं?

"दो-चार रैयत के मालगुजारी रोक लेने से क्या बनता बिगड़ता है? वह तो ऐसे समझो जैसे खलिहान में से पंछी चोंच भर ले जाय लेकिन एक दिन बेपरवाही में अपने अधिकार की उपेक्षा की जाय तो दूसरे दिन वह हमारा अधिकार ही नहीं रहेगा। यदि मालगुजारी न देने से रिआया का कुछ न बिगड़े, उसे डर न हो तो वह दे क्यों? उनके घर से मालगुजारी न निकल सकने पर भी उनका छप्पर फुँकवा देना जरूरी होता है, सिर्फ कायदे और अधिकार की रक्षा के लिए।

"भैया, हुकूमत कोई खुशी से नहीं झेलता। हुकूमत जुल्म के बिना कभी चली है? हाकिम और रिआया का तो शिकारी और शिकार का नाता है। बस चलते शिकार शिकारी के हाथ क्यों पड़ेगा? शिकार का दाँव लगेगा तो शिकारी पर चोट करेगा ही। हुकूमत में जोर-जब्र और भय ही चलता है। दूसरे को भय से दबाकर ही स्वयं भय से बचा जा सकता है। इससे कुछ अपने को भी सहना ही पड़ता है। कमीन किसान को तिनकों की झोपड़ी में कोई भय नहीं; राजा-ठाकुर को पत्थर के किले में लोहे के फाटक लगाकर भी संगीन का पहरा रखना पड़ता है ··।"

बज्रबहादुर को सहसा बुरा आदमी कह देना उचित नहीं पर उसमें भलमनसाहत क्या थी? आदमी तो वह भला ही था, यदि हुकूमत का जुनून उसके सिर न होता।

•

चोरबाजारी के दाम

जगीरीमल के पिता बुलाकीराम लाहौर में अंग्रेजी दवाइयों की एक दूकान में कम्पाउण्डर का काम करते थे। रोज ही देखते थे कि दो-अढ़ाई रुपये की छटाँक भर दवाई में से आठ-दस बूँदों को आध पाव पानी में मिला देने से मरीज के लिए दस-बारह आने की बोतल बन जाती है। उनकी दृष्टि में इससे अधिक मुनाफे और इज्जत का दूसरा कारोबार नहीं हो सकता था।

जगीरीमल ने एन्ट्रेंस की परीक्षा पास कर ली तो उसके पिता ने उसे छः मास लाहौर में दवा की दूकान पर अपने साथ शागिर्द रखकर नुसखे पढ़ने और दवाइयाँ बनाने की कला सिखा दी थी। इसके बाद अपनी उम्र भर की बचत लगाकर जगीरीमल के लिए रावलपिंडी में केमिस्ट अर्थात् अंग्रेजी दवाइयों की एक छोटी सी दूकान खोल दी थी।

जगीरीमल की दूकान ने शीघ्र ही उन्नति की। आलमारियों की संख्या दो से चार हो गयी। तभी भगवान् की इच्छा से विलायत में लड़ाई लग गयी। विलायती चीजों के, खास कर दवाइयों के दाम चढ़ गये। जगीरीमल को रुपया कमाने का चस्का लग गया था। पिछले वर्ष ही

उसका विवाह हुआ था। उसने बहू का जेवर एक साहूकार के यहाँ रखकर कर्जा लेकर विलायती दवाइयाँ दूकान में भर लीं। लाहौर से दवाइयाँ खरीद लेने में पिता सहायता करते थे। जगीरीमल चाहता तो बरस भर में बहू का जेवर छुड़ा लेता लेकिन उसे कमाई का रस लग चुका था। उसने लकड़मण्डी में एक मुसलमान गूजर का अधगिरा कच्चा मकान खरीद लिया और एक अच्छा बड़ा सुन्दर सा मकान बनाने लगा। मकान के आधे में खुद रहकर आधे से किराये की आमदनी भी हो सकती थी।

लड़ाई के समय आवश्यक चीजों के दाम बेहिसाब बढ़ते देखकर सरकार ने दामों पर कन्ट्रोल लगा दिया था। मतलब था कि जरूरी चीजों के अभाव से आवश्यकता से बावले लोग बगावत ही न कर बैठें। दवाइयों पर भी कन्ट्रोल हो गया था। कन्ट्रोल से व्यापारियों को और अवसर मिला। कन्ट्रोल का अर्थ हो गया 'अप्राप्य वस्तु'। कन्ट्रोल से निश्चित दामों से अधिक माँगे जाने पर कानूनी कार्रवाई हो सकती थी पर बीमारी में दवाई खरीदते समय कन्ट्रोल के कानून जोर अजमाने का धैर्य किसे होता है? जगीरीमल ने मीठी जबान का अभ्यास भी कर लिया था; वही तो व्यवसायी की सफलता का रहस्य है। कन्ट्रोल की दवाई की माँग होते ही वह बेबसी और सहानुभूति से खेद प्रकट करता—"कन्ट्रोल क्या हो गया, दवाई मिलती ही नहीं।"

ग्राहक प्राणों की भीख माँगता हुआ मुँह माँगे दाम देने के लिए गिड़गिड़ाने लगता तो जगीरीमल किसी न किसी प्रकार सहायता करता ही।

जगीरीमल मन ही मन अनुभव करता था कि कोई 'साला' गले पर छुरी का दबाव पड़े बिना पैसा क्यों उगलेगा? असमर्थ ग्राहक निराश हो कर डबडबाई आँखों से उसकी दूकान से लौटते तो जगीरीमल सहानुभूति अनुभव करता पर मन ही मन सोचता भी कि अपना जान-माल लगाकर चार पैसे बनाने के लिए ही तो दूकान में माल लगाकर रखा है। भगवान् ऐसे ही सब किसी का पूरा करते हैं। ग्राहक की बेबसी में उसे अपने लाभ की आशा की गुदगुदी सी अनुभव होती। ग्राहकों की बीमारी और कठिनाई से उसे लाभ की सान्त्वना मिलती थी। फावड़े जैसे बड़े-बड़े हाथ-पाँव और भारी पलंग के पाँवों जैसे कोहनी और घुटनों वाले राई,

गूजर और पठान बदरंग हो चुका नीला तहमत बाँधे, फटा काला कुरता पहिने और मैली पगड़ी बाँधे उसकी दूकान के फर्श पर बैठ कर उसे 'मालिक' सम्बोधन कर दवाई के दाम कम कर देने के लिए गिड़गिड़ाते और मुँह माँगा दाम न चुका पाने के कारण लौट जाते। ग्राहकों की यह बेबसी उसकी दूकान के कैश बक्स में सिमिट कर लक्कड़मण्डी में सुन्दर बड़े मकान का रूप लिए जा रही थी। वह अपनी पूरी कमाई दूकान और मकान में लगाये दे रहा था।

जगीरीमल का मकान अभी पूरा नहीं हो पाया था। उसे प्राणों की रक्षा के लिए अपनी बहू और डेढ़ वर्ष के पुत्र कमल को लेकर भागना पड़ गया। सरहद (रावलपिंडी) पाकिस्तान बन गया था। ब्रिटिश सरकार एक के दो देश बना देने के कठिन कार्य में लगी हुई थी इसीलिए उसने कुछ दिन के लिए अपनी व्यवस्था को ढील दे दी थी। कानून और अमन की छत्र-छाया में जगीरीमल की मधुर, धीमी आवाज और दुबले-पतले हाथों की बहुत सामर्थ्य और शक्ति थी, वह पीड़ा और बीमारी से बिलबिलाते लोगों से मनमाने दाम वसूल कर सकता था। उसके इस अधिकार की रक्षा के लिए सरकारी थाना, पुलिस की गारद और तोप-बन्दूक, हवाई जहाज से लैस सरकारी व्यवस्था मौजूद थी। ब्रिटिश सरकार ने व्यवस्था को ढील दे दी तो राई, गूजरों और पठानों के हाथ निर्भय और उच्छृंखल हो गये, वे मकानों और तिजोरियों के तालों को चूर-चूर करने लगे। व्यवस्था के सहारे पनपने वाले हिन्दू, खत्री और जैनी व्यापारियों के मकान जलाये जाने लगे, उनके कोमल शरीर छिन्न-भिन्न होने लगे। जगीरीमल ने अपनी जमा-पूँजी बाँध कर दूकान को ताला लगा दिया। बहू और लड़के को लेकर रावलपिंडी से भाग निकला।

रावलपिंडी से लाहौर तक लूट-पाट और हिन्दुओं के कत्ल की आग धधक रही थी। जगीरीमल हिन्दू था। वह लाहौर की ओर जाता तो भट्ठी की आग से बचने के लिए अलाव में कूद जाना होता। वह बच्चे और बहू को लेकर कश्मीर की ओर भागा। रावलपिंडी से चलते समय मोटर के अड्डे पर उसे पुलिस के मुसलमान सिपाहियों ने रोक लिया। उस पर चोरी करके भागने की शंका की गयी। वह सिपाहियों के पाँव छूकर गिड़गिड़ाया। सिपाहियों ने दया कर उसकी स्त्री के शरीर का जेवर और मोटा-मोटा असबाब हिरासत में रखकर उसे जाने की आज्ञा दे दी।

जगीरीमल को छः रुपया सवारी की जगह तास रुपया सवारी किराया देकर किसी तरह लारी में फँस कर बैठने की जगह मिली। उसने मन ही मन भगवान् की इस दया के लिए धन्यवाद दिया। तुम्हारी दया अपार है।

जगीरीमल को कश्मीर में भी शरण न मिली। अफ्रीदियों के जिरगे श्रीनगर की ओर बढ़े चले आ रहे थे। हिन्दू भाग रहे थे। जगीरीमल को अपनी बहू और बच्चे सहित फिर भागना पड़ा। इस बार जम्मू जाने के लिए मुसलमान लारी से नहीं, लारी के मालिक हिन्दू भाई से वास्ता पड़ा। लारी में किसी तरह सिर छिपा सकने के लिए सात रुपया सवारी के दाम की जगह उसे सत्तर रुपया सवारी के देने पड़े। यों तो हिन्दू रियासत में हिन्दू पुलिस मौजूद थी परन्तु कानून के जोर पर टिकट के लिए मुनासिब दाम देने के झगड़े में वह श्रीनगर में ही फँसा रह जाता। हिन्दू भाइयों का यह अन्याय उसे खला, पर विवश था। किसी तरह श्रीनगर से जम्मू पहुँचा।

जम्मू में भी पाकिस्तान के आक्रमण का प्रबल आतंक था। सिर छिपाने के लिए जगह न थी। वह कभी पैदल ठोकरें खाता, पचगुने, दस गुने दाम देकर लारियों में फँस कर सफर करता, कभी बिना टिकट गाड़ी की छत पर या भीतर सीट पर बैठकर चलता। पंजाब में कहीं जगह न पा सकने के कारण वह देहली तक पहुँच गया।

शरणार्थी जगीरीमल को देहली के कैम्प में अस्थायी शरण तो मिली परन्तु उसके जीवन की आशा का एक मात्र केन्द्र लाड़ला 'कमल' जड़ से उखड़ जाने और मारा-मारा फिरने के कारण कुम्हलाता जा रहा था। कैम्प में जगीरीमल राशन के सरकारी दान पर निर्वाह कर रहा था। एक समय वह दवाइयों का मालिक था। अब उसकी सामर्थ्य न थी कि प्राण बच सकने की विद्या में कुशल बड़े-बड़े डॉक्टरों को मुँहमाँगी भेंट देकर कमल के लिए दवाई खरीद सकता; परन्तु उसने हिम्मत न हारी। वह बेटे को गोद में लेकर सिविल अस्पताल पहुँचा। वहाँ जगह न पाकर इरविन हस्पताल में गया। हस्पताल के वार्ड और बरामदे मरीजों से भरे थे। जगीरीमल के गिड़गिड़ाने और शरणार्थियों के प्रति सरकार के कर्त्तव्य के विषय में बहुत जिरह करने पर भी उसे जगह न मिल सकी। बच्चे के लिए बोतल में दवाई लेकर ही लौट आना पड़ा।

जगीरीमल और कमल की माँ बच्चे को बारी-बारी से गोद में लिए रहते। सुबह-शाम उसे अस्पताल ले जाकर डॉक्टरों को दिखाते। अस्पताल के समीप ही रहने के लिए उन्होंने दिल्ली दरवाजे की फसीलों में बनी महराबों में जगह बना ली थी। धूप और ओस से बचने के लिए जगीरीमल ने फसील की दीवार के सहारे दो बाँसों पर एक चटाई बाँध कर छप्पर बना लिया था। चार दिन तक डॉक्टरों के सामने गिड़गिड़ाने और दुहाई देने के बाद जगीरीमल को कमल के लिए अस्पताल के मरीजों से भरे बराण्डे में जगह मिल गई। अस्पताल मरीजों को जगह दे सकता था, मरीज के सम्बन्धियों को नहीं परन्तु कमल की अवस्था चिंताजनक होने के कारण और डेढ़ बरस के बच्चे की माँ के बिना सँभालना कठिन होने के कारण, कमल की माँ को उसके समीप रहने की अनुमति दे दी गयी।

कमल की माँ बीमार बच्चे के लोहे के पलंग के नीचे फर्श पर बैठी रहती। बच्चे की काँख और कराहट सुनते ही उस ओर ध्यान देती। जग़ीरीमल मुफ्त राशन के लिए शरणार्थी कैम्प तक न जा पाता। कैम्प में न रहने के कारण वह मुफ्त राशन का अधिकारी भी न रहा। वह प्रायः तंदूर से रोटी खरीद कर खा लेता और कमल की माँ के लिए रोटी अस्पताल में पहुँचा देता। उसको जेब के पैसे भी अब खतम हो चुके थे। उसने अपनी अँगूठी बेंच डाली। उसे सोने के भाव से ४० रुपये मिलने चाहिये थे परन्तु सर्राफ के सामने यह सबूत पेश करना कठिन था कि अँगूठी चोरी की नहीं। अपना ही गहना जगीरीमल को चोरी के माल के भाव बेचना पड़ा। तब इस उलटी चोर बाजारी के लिए उसके मुँह से गाली निकले बिना न रह सकी।

अस्पताल में जगह पा लेने पर भी कमल की अवस्था गिरती ही गयी। बाप के सामने आने पर भी बच्चे के मुँह से बोल न निकल पाता था। कमल बाप को पहचान भी न सकता; यह देखकर जगीरीमल को उस समय मरीज के पास बेकायदा खड़े रहने के लिए मना किया। बच्चे को इस कठिन अवस्था में देखकर कायदे की पाबंदी निबाहना बाप के लिए सम्भव न था। वह पल भर को दूर हट गया। डॉक्टर आया। जगीरीमल दूर से देख रहा था। डॉक्टर ने कमल के सिरहाने लटके चार्ट पर निगाह डाली। उड़ती-उड़ती नजर से पल भर बच्चे को देखा, झुककर

और टटोल कर नहीं, जैसे दूसरे मरीजों को देखता चला आ रहा था। डॉक्टर आगे बढ़ गया—जैसे उस बच्चे की ओर ध्यान देने से कुछ लाभ न था।

डाक्टर की इस उपेक्षा से जगीरीमल के कलेजे में बरछी सी लग गई। वह डाक्टर के सामने जा खड़ा हुआ। उसकी आंखों में आँसू आ गये थे और गला भर आया था। मुँह से बोल न फूट सकने के कारण उसने अपनी पगड़ी डॉक्टर के कदमों पर रख दी और गिड़गिड़ाया—'डॉक्टर साहिब! बाप, घर, जायदाद सब तबाह हो गया। हम अब दर-दर के मोहताज हो गये। बस, उसी लड़के के लिए जिन्दा हैं। गरीब का बच्चा जान कर बेपरवाही न कीजिये। बस चलता तो इसे सोने में तौल देता, यकीन कीजिए। उम्र भर मजदूरी करके आपका एहसान और कर्ज पूरा करूँगा।"

डॉक्टर ने जगीरीमल को धैर्य बँधाया—"कर्ज और एहसान की कोई बात नहीं है। हम अपनी ड्यूटी पूरी कर रहे हैं। तीन दिन से हम तुम्हारे लड़के के लिए इंजेक्शन लिख चुके हैं। बाजार में नहीं मिलता तो हम क्या करें? अस्पताल ब्लैक मार्केट का दाम नहीं दे सकता इसलिए दूकानदार अस्पताल को इंजेक्शन नहीं देगा। तुम ले आओ, हम लगा देंगे...।" डॉक्टर ने इंजेक्शन का नाम बता दिया।

जगीरीमल से दवाइयों के व्यवसाय की बात छिपी न थी। उसके दिल ने नहीं माना कि दिल्ली जैसे शहर दवाइयों की दूकान पर वह इंजेक्शन न मिल सके। सरकारी हस्पताल को सत्रह रुपये के इंजेक्शन के अठारह या बीस देने की इजाजत नहीं थी, तीस या चालीस तो दूर की बात थी परन्तु कमल की जान बचाने के लिए जगीरीमल सौ हजार भी देता, अगर रावलपिंडी से चलते समय उसका सब कुछ न छिन गया होता। उसने डॉक्टर को आश्वासन दिया कि वह दवाई लाने की कोशिश करेगा।

कमल की माँ का सब जेवर छिन जाने के बाद एक मामूली सा लाकेट ही कपड़ों के नीचे छिपा रह गया था। जगीरीमल ने कमल की माँ को स्थिति समझायी। उसने तुरन्त लाकेट गले से उतार कर पति के हाथ में दे दिया। जगीरीमल को जेवर के तौल का अनुमान था। फिर भी उसने लाकेट को हाथ में तौल कर काल्पनिक सर्राफ को गाली दे कहा—

"न जाने क्या माँगेगा? इतने से पूरा पड़े, न पड़े।" उसे याद आ रहा था ऐसे अवसरों पर उसने तीन-तीन चार-चार गुना दाम लिए थे। कातर ग्राहक के आँसू देखकर उसकी जीभ जरूर पिघल जाती थी परन्तु दवाई की आलमारी की चाबी वाली मुट्ठी कभी ढीली नहीं हुई थी।

कमल की माँ ने साँस ले सुहाग का चिह्न नाक की लौंग भी उतार कर पति के हाथ में दे दिया। जगीरीमल ने सोना पगड़ी के छोर में बाँध लिया और लपकता हुआ बाजार की ओर चल दिया। अस्पताल से निकलते ही टाँगा दिखाई दिया। टाँगे वाले के अधिक दाम माँगने पर भी दवाई जल्दी ला सकने के विचार से वह टांगे पर बैठ गया।

दिल्ली के सर्राफ, घर-बार से बिछुड़े शरणार्थियों की अवस्था से परिचित थे। वह जानते थे कि उन्हें मजबूरी में जैसे-तैसे दामों में जेवर बेचना ही पड़ेगा। तीन चार सर्राफों के यहाँ भटककर जगीरीमल सत्तर रुपये का सोना पचास में बेच पाया और दवाई की दूकार पर पहुँचा।

पहिले प्रश्न का उत्तर उसे इनकार में ही मिला।

जगीरीमल ने विश्वास दिलाया कि उसे दामों की रसीद नहीं चाहिए। अस्पताल में पड़े अपने इकलौते बेटे के लिए उसे दवाई की जरूरत है। दूकानदार ने दवाई ला देने की अनुमति प्रकट की। दाम पूछने पर उत्तर मिला—"आजकल पचहत्तर रुपये में मिल रही है।"

जगीरीमल के पाँव तले की धरती खिसक गयी। अनुनय से उसने गिड़गिड़ाकर पचास रुपये दूकानदार के सामने रख दिये और कहा—"भाई साहब, मेरी खुद कैमिस्ट की दूकान थी। असल दाम सत्रह रुपये है। मेरे बच्चे की जान तुम्हारे हाथ में है।"

जगीरीमल का इस तरह मुँह लगना दूकानदार को बहुत बुरा लगा। उसने कड़े स्वर में उत्तर दिया—"न हमारे पास दवाई है, न हम ढुँढ़वाने का झमेला सिर लेते हैं, अपने रुपये उठाइए, जहाँ मिलती हो, ले लीजिए।"

जगीरीमल ने कठिनाई से आँसू रोके। हिम्मत बाँधी। वह दो और दूकानों में गया। दोनों जगह वैसे ही उत्तर मिले जैसे वह रावलपिंडी में स्वयं दिया करता था। अन्य दूकानों पर जाना व्यर्थ था। विवश हो अस्पताल की ओर लौट चला। बेटे की नाजुक हालत में दवाई बिना

लिए लौट जाने से उसका दिल डूबा जा रहा था। पाँव मन-मन भर के हो रहे थे। विवश था। सोचा चल कर लड़के की हालत तो देखें।

अस्पताल में वार्ड के समीप पहुँचते ही उसे किसी की चीखें सुनायी दीं। वह कमल की माँ का चीत्कार पहचान गया। जगीरीमल लड़खड़ा कर जमीन पर बैठ गया। दोनों हाथों में सिर थाम लिया। उसकी आँखों से आँसू सड़क पर गिरने लगे। जो कुछ देख न सकने का सह न सकने का विश्वास था, जाकर वही देखा।

अस्पताल में बीमार पड़े शरणार्थियों के पाँच-सात सम्बन्धियों ने जाकर उसे आश्वासन दिया और कमल के शव के प्रति आवश्यक कर्त्तव्य पूरा करने के लिए धैर्य बँधा कर उसकी सहायता करने लगे।

कमल का शरीर दो गज कोरे लट्ठे में लपेट दिया गया और जगीरीमल को सांत्वना देने के लिए इकट्ठे हुए शरणार्थी भाई बच्चे को बाँहों में उठा कर जमुना की ओर चल दिये।

कमल के शव को जमुना में प्रवाह कर देने के बाद स्नान करते समय जगीरीमल को सांत्वना देने के लिए साथ आने वालों ने बच्चे की बीमारी की बात पूछी। जगीरीमल फूट-फूट कर रो उठा। उसने बताया–"रावलपिंडी में स्वयं उसकी दवाइयों की दूकान थी। आज बेघरबार होकर उसकी यह हालत कि उसका बच्चा बिना दवाई के मर गया ···दवाई केवल चोरबाजार में बिकने के कारण वह सत्रह रुपये की दवाई के पचहत्तर कहाँ से देता। उसने दूकानदार के सामने पचास रख दिये थे परन्तु जालिम का कलेजा न पसीजा ··।"

चोर बाजार के इस अन्याय से शरणार्थी साथियों का खून खौल उठा। उनका बेबस क्रोध चोरबाजारी करने वालों के प्रति वीभत्स गालियों के रूप में उबलने लगा। इस अन्याय की शिकायत करने के लिए उन्होंने जगीरीमल को धर्म और ईमान की कसम दी। जगीरीमल के मुंह से उत्तर न निकाल पा रहा था। वह दोनों हाथों से सिर थामे अपनी आँसू भरी आँखें जमुना की काली लहरों पर टिकाये था।

उसकी स्मृति उसकी दूकान में दवाई के लिए आये कातर, चोर-बाजारी के दाम देने में असमर्थ, विशाल शरीर, बेबस राइयों-गूजरों और पठानों की आँसू भरी आँखों को देख रही थी। ●

गवाही

घर से चलते समय ही ज्ञानचन्द को तारा ने बहुत समझाकर कहा— "जी, कल की तरह जुलूस-उलूस में मत चले जाना। मामा जी नाराज हो रहे थे। तुम्हें क्या लेना है इन सब झगड़ों से? पुलिस वाले ठहरे.....बैरी हो जायँ तो और मुसीबत! अपने काम से मतलब रखो।"

ज्ञानचन्द ने मन ही मन कहा—"मामा जी नाराज क्यों नहीं होंगे अफसर जो ठहरे। लम्बे-लम्बे हाथ जो मारते होंगे.....।"

तारा के मामा सेल्स टैक्स में अच्छे पद पर हैं पर तारा कह रही थी तो ज्ञानचन्द बिल्कुल अनसुनी भी नहीं कर सकता। उसने जिद्द करके पढ़ी-लिखी लड़की से ब्याह किया था। उसे डाँट कर चुप नहीं करा दिया जा सकता था।

शहर में 'भ्रष्टाचार बन्द करो' आन्दोलन आरम्भ हुआ था। गंगा राम बैंक के आदमियों को भी उसमें सम्मिलित होने के लिए साथ ले जाता था। उसने ज्ञानचन्द से पूछा–"आज भी चलोगे न?"

"देखा जायेगा, हम भी सबके साथ हैं।" ज्ञानचन्द ने कच्चा-सा उत्तर दे दिया। बैंक में क्लर्क पुलिस की ज्यादतियों की चर्चा करते रहे।

ज्ञानचन्द संध्या समय फिर जुलूस में शामिल हो गया और जोश में आकर नारे लगाते हुए आगे-आगे चलने लगा। दंगा न हो जाय इस विचार से एक दर्जन पुलिस वाले भी साथ-साथ चल रहे थे जुलूस के लोग नारे लगा रहे थे—भ्रष्टाचार बन्द करो! रिश्वतखोरी बन्द करो! पुलिस का जुल्म बन्द करो!' यह नारे सुनकर पुलिस के सिपाही जरा मुस्करा देते थे।

ज्ञानचन्द सात बजे घर लौटा तो तारा बोली नहीं। माँ और बड़े भाई की नजर बचाकर ज्ञानचन्द ने दो-एक बार पुचकारा, तारा मुँह फेर कर सास के पास रसोई में चली गयी।

सास ने तारा से कहा—"अरे, यह मैं किये लेती हूँ, जा तू मुन्ना को देख; खाट पर से गिन न जाय।"

ज्ञानचन्द मुन्ना से खेलने लगा था। तारा आयी और उसकी ओर पीठ किये मुन्ना को उठाकर दूध पिलाने के लिए छत पर ले गयी।

ज्ञानचन्द पीछे-पीछे छत पर पहुँचा और एकांत देखकर शारीरिक खुशामद से तारा को मनाने लगा। तारा ने उसका हाथ हटाते हुए विरोध किया—"हमें मत छेड़ो, तुम अपने जुलूस में जाओ। तुम्हें हमारी क्या परवाह है…?"

"अरे देखो तो, चाँदनी कैसी खिल रही है।" ज्ञानचन्द ने कहा।

"तुम्हें क्या है चाँदनी से और हमसे? तुम अपनी पालटिक्स करो!" तारा मुंह दूसरी तरफ किये रही।

"सोचो तो, हमीं किसी झगड़े में फँस जायँ और रिश्वत देनी पड़े तो?"

"झगड़े में फँसे दुश्मन! हम क्यों फँसें? अपने काम से मतलब रखो!" तारा ने विरोध भरी आँखें मिलायी।

ज्ञानचन्द आकाश की ओर देख रहा था—"आज तो हम-तुम कहीं घूमने चलें? क्या खयाल है?"

"तुम्हें फुर्सत कहाँ" तारा बोली, "मामा जी ने सिनेमा के पास भिजवा दिये थे कि सिनेमा चले जायेंगे तो जुलूस के झगड़े से बचे रहेंगे पर तुम्हें तो जुलूस प्यारा है। किसी की सुनते कब हो?"

"तो दूसरे शो में चलो। खाने-पीने से निबट लो। मुन्ना अम्मा को सौंप देना।" ज्ञानचन्द ने समझाया।

तारा ने अपने लिए नयी साड़ी निकाली, ज्ञानचन्द के लिए भी मलमल का ताजा धुला कुर्ता और नया पाजामा। बाजार से जाते समय ज्ञानचन्द ने फूलों का एक गजरा खरीद लिया। तारा को शौक तो था परन्तु घर में अम्मा जी और जेठजी से डरती थी। बाजार से निकल कर सड़क पर एक पेड़ की छाँह के अंधेरे में रुक कर उसने गजरा जूड़े पर बाँध लिया। ज्ञानचन्द ने दोने में पान ले लिए थे।

स्पेशल क्लास के पास थे। भीड़ न थी। दोनों पान खाते, मजाक और बात करते सिनेमा देख रहे थे। खूब मजा आ रहा था।

दूसरा शो साढ़े-बारह बजे समाप्त हुआ। चाँदनी और भी छिटक गयी थी और सड़कें सूनी थीं। ज्ञानचन्द ने कहा—"क्या जल्दी है अपने को; पैदल चलें, मजा आयेगा।"

तारा को भी अच्छा लग रहा था, सिनेमा से भी अधिक अच्छा। ज्ञानचन्द कोई मजाक की बात सुनाता जा रहा था और तारा छोटा रूमाल होंठों पर रखे खिसखिस कर हँस रही थी। वे दयानिधान पार्क की बगल से जा रहे थे।

"ए जाने वालो!" कड़ी आवाज सड़क किनारे के पेड़ की छाँह में से सुनायी दी, "ठहर जाओ!"

दोनों ठिठक गये। घूमकर देखा, पेड़ की छाँह के नीचे से पुलिस का एक सिपाही लाठी लिए दो कदम बढ़ आया।

"कहाँ जा रहे हो?" सिपाही ने प्रश्न किया।

"घर जा रहे हैं।" ज्ञानचन्द ने निडर स्वर में उत्तर दिया।

"हूँ" सिपाही बोला, "पहले कोतवाली चलो!"

"क्यों?" घबराहट छिपाकर ज्ञानचन्द ने विरोध किया, "हम सिनेमा देखकर घर लौट रहे हैं। कोतवाली क्यों चलें? क्या किया है हमने?"

"कोतवाली चलो, वहाँ ही सब जवाब मिलेगा।"

"पर कोतवाली क्यों जायँ?" ज्ञा।चन्द ने दृढ़ता दिखायी, "हमारा कसूर बताओ! हम नहीं जाएँगे। यह कोई मजाक है?"

तारा बहुत घबराकर पति की ओट में हो गयी।

"चलते हो सीधी-सीधे या सीटी बजाकर और सिपाही बुलाऊँ।" सिपाही ने डाँटा, "ऐसे नहीं चलोगे तो हथकड़ी में चलोगे। अपनी शराफत कोतवाली में चलकर ही बताना।" उत्तर मिला।

सूनी सड़क पर कोई दूसरा आदमी दिखाई नहीं दे रहा था। ज्ञानचन्द लाचार हो गया। हाथ-पाँव खुले रहने पर भी वह कानून और सरकारी अधिकार की रस्सी में बँधा चला जा रहा था पर सिपाही से जरा हटकर चल रहा था कि यह न जान पड़े कि उन्हें कोतवाली ले जाया जा रहा है। रास्ते में आते-जाते दो-चार आदमी दिखाई भी दिये तो उसे झेंप ही मालूम हुई।

तारा रूमाल से आँखें पोंछती जा रही थी। ज्ञानचन्द उसे, ढाढ़स बँधा रहा था—"घबराने की क्या बात है? डर किस बात का है?"

कोतवाली में ले जाकर सिपाही ने ज्ञानचन्द और तारा को एक ओर खड़ा कर दिया।

सिपाही ने बिजली की बत्ती के नीचे तख्त पर डेस्क के सामने कलम हाथ में लिए बैठे मुन्शी जी से बात की।

ज्ञानचन्द और तारा को मुंशीजी ने समीप बुला लिया।

मुंशी जी ने प्रश्न किया—"इस लड़की को कहाँ से लाये हो?"

"मेरी वाइफ है, साहब!" ज्ञानचन्द ने जोर देकर कहा, "हम लोग सिनेमा देखकर घर लौट रहे थे। यह सिपाही हमें जबरदस्ती यहाँ ले आया। यह क्या बेइन्साफी···।"

"हुजूर, बदमाश है।" सिपाही ने ऊँचे स्वर में टोक दिया, "वाइफ क्या? यह लोग सड़क किनारे पेड़ की छाँह में बुरा काम कर रहे थे। कोई गिरस्थ ऐसा करता है?"

"झूठ," घोर अपमान के क्रोध में ज्ञानचन्द विरोध करना चाहता था।

मुन्शीजी जोर से बोल उठे—"लाहौल बिलाकुव्वत!" उन्होंने घृणा से एक ओर थूक दिया, क्या नापाक और बेहया हरकत!" पढ़े-लिखे जान पड़ते हो। जानते नहीं, यह कांग्रेस-राज है। सब गुंडापन खत्म कर दिया जाएगा।"

ऐसी लांछना सुनकर तारा सिसक-सिसक कर रोने लगी।

ज्ञानचन्द का मस्तिष्क अपमान और क्रोध से भर गया। यदि दूसरा अवसर होता तो ऐसा अपमान करने वाले को वह मार बैठता परन्तु सामना था, सरकार की शक्ति से और वह भी सरकार के घर में।

ज्ञानचन्द ने तिलमिलाकर विरोध किया—"बिल्कुल झूठ है साहब, आप यों ही एक सिपाही की बात मान लेंगे? कोई सबूत भी तो होना चाहिए! ऐसे तोहमत लगा देंगे!"

मुन्शीजी ने ज्ञानचन्द की ओर घूरकर देखा—"हमें कानून सिखाते हो? सबूत की धौंस है ऐसा काम करते वक्त कौन अपने बाप को गवाही के लिए सामने खड़ा कर लेता है?"

मुन्शीजी के तर्क से ज्ञानचन्द का दिल बैठ गया। फिर भी बोला—"साहब, यह हम पर बिल्कुल झूठा इल्जाम लगाया जा रहा है। आप हमारे मकान पर पूछताँछ करवा लीजिए।"

"कहाँ है मकान तुम्हारा?"

"पानदरीबा में, नाले के पास।" ज्ञानचन्द ने उत्तर दिया। मुन्शीजी ने पता एक पुर्जे पर लिखकर नाम, बाप का नाम, उम्र और हुलिया भी लिख लिया।

ज्ञानचन्द ने साहस किया—"आपको हमारा एतबार नहीं तो आप हमारे घर खबर भेजकर जमानत ले लीजिए।"

"जमानत की बात कल होगी। काले कोसों तो घर का पता दिया है। कौन जाएगा इस वक्त ढूँढ़ने?" मुन्शी जी ने डेस्क से उठते हुए जवाब दिया और सिपाही की ओर देखकर हुक्म दे दिया, "बन्द कर दो इन्हें अलग-अलग कोठरी में।" और मकान के पिछवाड़े की ओर चले गये।

तारा को अपने से अलग बन्द किये जाने के खयाल से ज्ञानचन्द के शरीर में बिजली की लहर का सा झटका लगा।

तारा फूट-फूट कर रो पड़ी।

ज्ञानचन्द ने अपनी ओर आते हुए सिपाही से नम्र विरोध किया—"एक शरीफ लेडी का तो आपको ख्याल करना चाहिए। हम लोग यहाँ बरामदे में ही बैठे रहेंगे।"

"क्या फायदा है फजीहत कराने में?" सिपाही ने सुझाया "दे दिलाकर अपने घर जाओ।"

"आप रिश्वत माँगते हैं?" ज्ञानचन्द ने अवसर देखकर क्रोध दिखाया। जेब में आठ आने ही तो पैसे थे।

"होश करो!" सिपाही ने जोर से डाँटा, "रिश्वत का नाम लिया तो सीधे जेल भेज दिये जाओगे। जानते नहीं, यह कांग्रेस का राज्य है। जेब में कौड़ी है नहीं, बनते हैं शरीफजादे।"

तारा सिसकियाँ ले रही थी। उसने ज्ञानचन्द को बनती बात बिगाड़ते देखकर उसे बाँह से थाम एक ओर खींच लिया और अपनी उँगली से सोने की अँगूठी जल्दी से निकाल कर थमाते हुए कहा—"दे दो, तुम्हारे पाँव पड़ती हूँ।"

ज्ञानचन्द एक पल के लिए सन्न रह गया। दूसरा उपाय न देखकर डरते-डरते अँगूठी सिपाही की ओर बढ़ा कर बोला—"अच्छा, माफ कीजिये। इस समय किसी तरह इज्जत बचाइए। जानते हैं, हम बेकसूर हैं। भगवान् जानते हैं, यह मेरी स्त्री है। आप चाहे चल कर मुहल्ले में दरयाफ्त कर लें।"

सिपाही ने अनिच्छा से अँगूठी की ओर देखकर कहा—"हमें इतना टुच्चा समझ लिया है? इतना ही दाम है तुम्हारी इज्जत का? जानते नहीं, कितना संगीन मामला है?"

ज्ञानचन्द के कुछ बोलने के पहले ही तारा ने दूसरी उँगली से भी अँगूठी खींचकर ज्ञानचन्द को थमा दी। ज्ञानचन्द ने वह भी सिपाही के हाथ में दे दी।

"अच्छा देखें!" सिपाही प्रतीक्षा के लिए संकेत कर उसी ओर चला गया जिधर मुन्शी जी गये थे। दस मिनट बाद वह मुन्शी जी के साथ लौटा। सिपाही ने सिफारिश की, "हुजूर यह लोग रहम चाहते हैं। कह रहे हैं, शरीफ आदमी हैं। फिर ऐसी हरकत नहीं होगी।"

"शरीफ आदमी!" मुन्शी जी घृणा से बोले, "यह शरीफ आदमियों की हरकतें हैं। तुम्हारी जमानत कौन देगा?"

"पिता हैं, भाई हैं।" ज्ञानचन्द ने क्रोध रोक कर कहा, "मैं बैंक में काम करता हूँ। बड़े साहब और अकाउन्टेंट साहब भी जानते हैं।"

"हैं?" मुन्शी ने जवाब दिया, "बड़े साहब और अकाउन्टेंट साहब बहुत खुश होंगे साहबजादे की हरकत सुनकर।"

"हुजूर किस्मत की बात है। भगवान् जानते हैं, हमने कोई बेजा हरकत नहीं की।" इस बार ज्ञानचन्द रो पड़ा।

"झूठ बोलता है!" मुन्शी जी ने क्रोध दिखाया, "एक बेहयाई दूसरा झूठ! दफा ४९५-४९६ में चालान कर दें तो पता चले। अपने बाप बड़े साहब को बुला लेना गवाही में। साले इतना नहीं जानते कि बहिन··· पुलिस रात में सड़कों पर अपनी माँ···के लिए नहीं सिर पटकती फिरती। हवलदार निकाल दो सालों को कोतवाली से···।"

ज्ञानचन्द और तारा जल्दी-जल्दी कदम उठाते घर की ओर भागे जा रहे थे। उन्हें न बिजली की बत्तियों के नीचे सूनी सड़क पर चलने का आनन्द आ रहा था, न बाजार के ऊपर खुले आकाश में खिलखिलाते चाँद की ओर उनकी दृष्टि जा रही थी। अपने मुहल्ले के समीप पहुँच कर ज्ञानचन्द के होंठ खुले—"मैं इन बदमाशों की रिपोर्ट करूँगा। एक तो झूठा इल्जाम लगाकर बेइज्जती की दूसरे तोला भर सोना छीन लिया।"

"अब तुम और फजीहत कराओगे?···अभी कसर बाकी है?" तारा ने रुआँसे-स्वर में विरोध किया।

"पागल हो तुम!" क्रोध में ज्ञानचन्द ने समझाया, "ऐसे ये लोग जाने कितने शरीफ आदमियों की इज्जत और पैसा रोज झाड़ते होंगे। कोई आवाज नहीं उठाएगा तो लोगों की जान कैसे बचेगी? मैं सुबह ही भ्रष्टाचार-विरोधी कमेटी के सभी लोगों से दस्तखत कराकर दरखास्त दूँगा। ऐसा जुल्म चुपचाप नहीं सहा जा सकता।"

"मैं हाथ जोड़ती हूँ, जो हुआ सो हुआ। अब तुम सबके सामने मेरी बेइज्जती कराओगे? बस हो गया। जाने कौन जनम के कर्म थे।" तारा फिर रो पड़ी।

"तुम समझती तो हो नहीं।" ज्ञानचन्द झुँझलाया, "जुल्म के खिलाफ कोई बोलेगा ही नहीं तो जुल्म खत्म कैसे होगा?"

"मुझे अदालत में नंगा कराना है तो तुम्हारी मर्जी।" तारा ने भी वैसे ही उत्तर दिया, "मेरे लिए घर में तोला भर अफीम रखी है। जिस दिन तुम्हें यह करना होगा मैं खाकर सो रहूँगी।"

दूसरे दिन गंगाराम ने ज्ञानचन्द को फिर भ्रष्टाचार-विरोधी प्रदर्शन में चलने के लिए कहा। ज्ञानचन्द को तारा की बात भी याद थी परन्तु वह

जुलूस में गया और बहुत जोर से नारे लगाये। जुलूस विधान सभा के सामने खड़ा होकर नारे लगाता रहा।

मुख्यमंत्री सभा भवन की ड्योढ़ी से सामने के चबूतरे पर आ गये। नारे और भी जोर से लगने लगे।

मंत्री जी के हाथ उठाकर संकेत करने पर सब लोग चुप हो गये।

मुख्यमंत्री जी ने कहा—"हमें यह देखकर बहुत प्रसन्नता है कि आप लोग भ्रष्टाचार दूर करना चाहते हैं परन्तु आपको यह याद रखना चाहिए कि जब तक पब्लिक भ्रष्टाचार का अवसर न दे, बेईमान अफसर भी कुछ नहीं कर सकते। पब्लिक ही भ्रष्टाचार रोक सकती है। पब्लिक को चाहिए कि वह किसी भी हालत में रिश्वत न दे और जो अफसर रिश्वत माँगे उसकी खबर हमें गवाही और प्रमाण सहित दें। कानून और पुलिस तो जनता की सेवा और रक्षा के लिए हैं। जो आदमी रिश्वत देता है, असली पापी वही है; वही जनता का शत्रु है। हम तो आपसे खुद पूछते हैं बताइये, किसने आपसे रिश्वत मांगी है? ····"

ज्ञानचन्द चीख-चीखकर पुकार रहा था–"झूठ है झूठ है" पर आवाज नहीं निकल रही थी।···प्रमाण और गवाही वह क्या देता ···।

●

तगमे की चोट

डिप्टी कमिश्नर और दूसरे सरकारी अफसरों तक जैसी पहुँच सिंह साहब की थी, वैसी शहरों में किसी दूसरे हिन्दुस्तानी की नहीं थी। उन्हें सभी सरकारी कमेटियों और दावतों में मान मिलता था। गवर्नर साहब के दरबार का निमंत्रण भी उन्हें मिला था और फिर सिंह साहब का यह आदर निरी हवाई चीज न थी, जैसे रायसाहबी या रायबहादुरी हो; सरकारी अफसरों से हाथ मिला सकने के लिए अपना पैसा बरबाद करें और जनता की गाली खाएँ। जनता की गाली सिंह साहब को भी तो मिलती थी। उन्हें जनता अपनी असमर्थता के कारण ही तो गाली देती थी।

सिंह साहब को सरकारी आदर का आर्थिक लाभ भी कम न था। वकील वे यों भी बहुत अच्छे थे परन्तु मुवक्किल उनकी योग्यता की अपेक्षा उनके सरकारी रसूख से अधिक आकर्षित होते थे। समझा जाता था कि सिंह साहब का पेशी पर जाना और सरकारी सिफारिश एक ही बात है। मुकद्दमे की आधी मंजिल तो उन्हें वकील बना लेने से ही तय मान ली जाती थी। सन् १९३६ में कांग्रेसी सरकार बन जाने से उनके

रोब और आमदनी को धक्का लगा था। तब भी गवर्नर अंग्रेज ही थे इसलिए सिंह साहब राजभक्ति के अपने पुराने सिद्धान्त पर जमे रहे। १९३९ में युद्ध के समय जब कांग्रेसी सरकारें बिखर गयीं और गर्वनर का राज फिर कायम हो गया तो सिंह साहब का कांग्रेस-विरोध और भी उग्र हो उठा।

सार्वजनिक जीवन में जैसे सिंह साहब को जनता की नाराजगी सहनी पड़ती थी वैसे ही उनके पुत्र शिवसिंह को भी स्कूल में लड़कों के ताने सुनने पड़ते थे। शिवसिंह को अपने पिता के बड़प्पन और सरकारी आदर का गर्व था। वह लड़कों के चिढ़ाने पर मारपीट के लिए तैयार हो जाता। वह जानता था कि सरकार उसकी पीठ पर है, अन्तिम विजय उसी की होगी। स्कूल की परीक्षाओं में शिव को पिता के सरकारी रसूख के कारण चिन्ता न करनी पड़ती थी इसलिए उसका ध्यान दूसरी बातों में अधिक रहता था। मैट्रिक की परीक्षा में पर्चे पर उसका नाम नहीं केवल रोल नम्बर था। हेकड़ी के जोर पर उस परीक्षा में वह पास नहीं हो सका। चिढ़ाने वालों को और अवसर मिला। इस प्रतिक्रिया में शिव और भी कांग्रेस-विरोधी और सरकार भक्त बन गया।

उस समय कांग्रेस युद्ध का विरोध कर रही थी और अंग्रेज सरकार जंगी कमेटियाँ बनाकर जनता को युद्ध में भरती होने के लिए उत्साहित कर रही थी। सेना में नये-नये यंत्रों का प्रयोग हो रहा था। इसके लिए सरकार कम उम्र के शिक्षित युवकों की भरती अधिक पसंद करती थी। ऐसे नवयुवक यंत्रों के अंग्रेजी नाम और यंत्रों का प्रयोग जल्दी सीख सकते थे। नौजवानों के लिए खास सभाएँ की जाती थीं। इन सभाओं से सरकारी अफसरों के अतिरिक्त सरकार-परस्त गणमान्य व्यक्तियों के भी व्याख्यान करवाये जाते थे। ऐसी एक सभा में सिंह साहब बोले—

"नौजवानो, तुम्हारा सौभाग्य है कि तुमने इस देश में जन्म पाया है। जानते हो, जैसे इस देश में संसार का सबसे बड़ा पहाड़ हिमालय है वैसे ही इस देश की इज्जत संसार में बड़ी है। यह देश वीरों का देश है। तुमने चन्द्रगुप्त और अशोक का नाम सुना होगा। उन राजाओं के समय हमारे शूरवीरों की तलवारें आमू दरिया के किनारों पर चमका करती थीं। यह बाबर, प्रताप, शिवाजी और रणजीतसिंह जैसे वीरों का देश है। हमारे हरीसिंह नलुआ के नाम से काबुल-कंधार के बच्चे अब भी वैसे ही डरते

हैं जैसे हमारे यहाँ बच्चे भूत और हौआ के नाम से डरते हैं। कांग्रेसी बनियों ने हमारे देश की बहादुरी का सत्यानाश कर दिया है। अब चोर-डाकुओं की तरह जेल जाना वीरता समझी जाती है। ये बनिये, राजपूतों, क्षत्रियों और ब्राह्मणों को दबा कर उन पर राज करना चाहते हैं। पिछले जंग में हमारे बहादुर सिपाहियों ने मैसोपोटामिया और फ्रांस के मैदानों में भारत की वीरता का डंका बजा दिया था। सरकार ने हमारे बहादुरों की बहुत कद्र की थी। अंग्रेज खुद बहादुर हैं और बहादुर की कद्र करते हैं। पिछले युद्ध में जो भारतीय सिपाही बहादुरों से लड़े थे उन्हें सरकार ने बड़ी-बड़ी जागीरें और पेंशनें इनाम में दी थीं। जिन लोगों को फटी-चट्टी भी नसीब नहीं होती वे लोग भी फौज में जाकर फुलबूट पहन कर बन्दूक लेकर चलते हैं। जवानो, आज फिर मौका है। तुम लोग पढ़-लिख कर सिर्फ क्या चुंगी के मुन्शी और पटवारी ही बनोगे? तुम लोग सूबेदार, कप्तान, मेजर और जनरल बनने के लिए पैदा हुए हो। जवानो, यह समय स्कूलों में पोथियाँ रटने का नहीं, कौम के लिए जंग के मोर्चे पर डटने का है। सरकार ने हुक्म दे दिया है कि जो नौजवान फौज में भरती हो जायँगे उन्हें इम्तहान दिये बिना पास होने का सर्टिफिकेट दे दिया जाएगा।

"नौजवानो, यह देश हमारी मातृभूमि है। हमारा शरीर इस देश की मिट्टी और जल से बना है। आज हमारे देश पर बदमाश जर्मनी और बेईमान जापान हमला कर रहे हैं। क्या हम औरतों की तरह घरों में छिपे रहेंगे? जवानो, यह काम बूढ़ों का नहीं, नौजवानों का है; उस देश के नौजवानों का जिसमें अभिमन्यु और गोरा-बादल जैसे वीर पैदा हुए थे। जानते हो, युद्ध में जाते समय अभिमन्यु और गोरा-बादल की आयु क्या थी? कुल अठारह बरस। तभी तो आज तक उनका नाम चला आ रहा है। नौजवानों, अपने देश की तो रीति रही है—बरस अठारह क्षत्री जीवै, आगे जीवे को धिक्कार···।"

जंगली कबूतर दाना देखते ही उस पर गिर पड़ता है शहरातू जानवर जरा पर तौल कर स्थिति भाँपता है। गाँव के नौजवान ऐसे व्याख्यान सुन कर उत्तेजना से तुरन्त भरती हो जाते थे परन्तु अनेक बार लेक्चर सुनते रहने वाले शहरी नौजवानों ने आपस में कनखियों से देश की राय बनानी चाही। भर्ती के अफसर ने खड़े होकर कागज कलम दिखा कर नौजवानों

को उत्साहित किया। जो बहादुर नौजवान भर्ती होना चाहते हैं, वे यहाँ ही अपने नाम दे सकते हैं'' पर सन्नाटा ही रहा।

शिवसिंह भी नौजवानों में बैठा था।

अफसर ने ललकारा—''देखें सबसे पहले कौन शेर-बच्चा नाम देता है?''

सिंह साहब व्याख्यान देकर जंट साहब के समीप कुर्सी पर जा बैठे थे। जंट साहब उनके व्याख्यान की प्रशंसा कर रहे थे और सिंह साहब गरमी, जोर से बोलने और उत्तेजना के कारण आ गया पसीना रूमाल से पोंछते हुए जंट साहब की बात सुन रहे थे। शिवसिंह की आवाज सुनकर उन्होंने सामने देखा।

लड़का सीना ताने खड़ा कह रहा था–''सबसे पहिले हमारा नाम लिखिये?''

सिंह साहब का कलेजा ऐसे झन्ना गया जैसे गरम लोहे पर बहुत ठंडा पानी पड़ गया हो।

''शाबाश! शाबाश!'' अफसरों ने सराहना की।

दो, चार, दस····पैंतालिस लड़कों ने खड़े हो अपने नाम दे दिये। लड़कों के नाम और पते लिखे जा रहे थे। सिंह साहब के गरम पसीने पर ठंडा पसीना आ रहा था। शामियाने से मोटर तक जाने में भी उनके पाँव डगमगा गये। वे छड़ी का सहारा लेकर अपने को सँभाले मोटर में जा बैठे।

संध्या समय सिंह साहब कोठी के बरामदे में लगे पंखे के नीचे बैठकर मुवक्किलों से बातचीत करते थे। उस समय भी मुंशी के साथ दो मुवक्किल प्रतीक्षा कर रहे थे परन्तु सिंह साहब उस ओर देखे बिना भीतर चले गये और आराम-कुर्सी पर गिर पड़े। दस मिनट तक प्रतीक्षा करने के बाद मुंशी ने आकर निवेदन किया—''हुजूर—''हुजूर, भावाँ के ठाकुर साहब बैठे हैं।''

''कह दो, मुआफी दें। इस समय तबीयत ठीक नहीं है।'' बीमार के से क्षीण स्वर में सिंह साहब ने उत्तर दे दिया। गहरी सांस लेकर सोचने लगे—यह सब अब किसके लिए करें?

शिवसिंह सिंह साहब की संतानों में सातवाँ पर एक मात्र लड़का था। अनेक वर्ष के जप-तप और पूजा से छः कन्याओं के बाद यह एक

पुत्र हुआ था और उसके बाद फिर कुछ नहीं। और बेवकूफ लड़के ने क्या कर दिया! पूरे शहर के विरोध और मुरादाबाद के नारों से भी सिंह साहब का हृदय न दहलता था। बेवकूफ लड़के ने उनकी ललकार के उत्तर में आगे बढ़कर उन्हें दहला दिया।....उनका एकमात्र पुत्र युद्ध की ज्वाला में कूद पड़ा। युद्ध की ज्वाला का धुआँ उनके मस्तिष्क में भर गया;.....सैकड़ों तोपें दनादन आग उगल रही थीं। आग की लपटों और धुएँ के निस्सीम विस्तार में सैकड़ों अदृश्य नौजवानों की चीखें सुनाई दे रही थीं। बमों के विस्फोट से उड़ने वाली धूल और मलबे के गुबार में नौजवानों के सिर, हाथ-पाँव और धड़ उछल रहे थे। नगरों और गाँवों में इन नौजवानों के माँ-बाप और बहुएँ छातियाँ पीट, सिर के बाल नोंचकर, चिल्लाहट से विलाप करके बेहाल हो रहे थे। सिंह साहब की आँखों के सामने अपने घर में विलाप का दृश्य दिखाई देने लगा और कानों में हृदय-विदारक चीत्कार सुनाई पड़ने लगा। वे दोनों हाँथों से सिर थामे बैठे थे।

"हुजूर! हुजूर!" मुंशीजी के कई बार पुकारने पर सिंह साहब ने आँखें खोल उस ओर देखा, "हजूर डिप्टी कमिश्नर साहब फोन पर सलाम बोल रहे हैं। मुंशी जी ने फोन का चोगा उनके हाथ में दे दिया।

सिंह साहब ने सम्भल कर फोन में उत्तर दिया—"यह सर! मैं सिंह बोल रहा हूँ।"

डिप्टी कमिश्नर साहब ने बहुत उत्साह भरे शब्दों में शिवसिंह की वीरता देश-भक्ति और राजभक्ति की प्रशंसा करके उसे योग्य पिता का योग्य पुत्र बताया और विश्वास दिलाया कि वे आज ही गर्वनर साहब को इस विषय में लिख रहे हैं और उनका विचार सिंह साहब के लिए कैसरे हिन्द मैडल की तजवीज करने का है।

अपने चकराते हुए माथे को एक हाथ से दबाते हुए सिंह साहब ने उत्तर दिया—"यह आपकी कृपा है। लड़के ने केवल अपना कर्त्तव्य पूरा किया है। मुझसे भी जहाँ तक बना सामर्थ्य भर यही करता रहा हूँ।"

समाचार पत्रों में छपा कि शहर के मशहूर वकील निरंजन सिंह साहब ने अपने पुत्र शिवसिंह को देश रक्षा के लिए सेना में भर्ती करा दिया। एक वकील का यह काम कांग्रेसी वकीलों को अच्छा नहीं लगा पर उन्हें मान लेना पड़ा कि सिंह साहब सिद्धान्त के पक्के हैं। बार रूम

में अपने विरोधी अधिक होने के कारण सिंह साहब स्वयं बहस न छेड़ते थे। शिवसिंह के भर्ती हो जाने के बाद वे स्वयं देशभक्ति और देश-रक्षा के लिए युद्ध में सहयोग की बातें छेड़ने लगे।

साबरी साहब कम्युनिस्ट कहलाते थे। कुमद्दमे कम होने के कारण बहस के लिए सदा तैयार रहते थे। साबरी साहब ने एतराज किया—"पर हमारा जन-धन देश-रक्षा में कहाँ खर्च हो रहा है? उत्तरी अफ्रीका, इटली और फ्रांस क्या हमारे देश हैं? हमारी सेनाएँ वहाँ क्यों कटाई जा रही हैं...?"

सिंह साहब ने उत्तेजना से कहा—"हम कब कहते हैं कि हमारी सेनाएँ उत्तरी अफ्रीका, इटली, या सिंगापुर भेजी जायें? इसका आपको विरोध करना चाहिए। आप तो देश-रक्षा के लिए भरती होने का भी विरोध करते हैं।"

साबरी ने सिंह साहब को निरुत्तर करने के लिए पूछा, "आप भारतीय सेनाओं के विदेशी मोर्चे पर भेजे जाने का तो विरोध करते हैं न? हम उनके लिए सभा करेंगे। आप हमारा साथ देंगे ?"

"जरूर!" सिंह साहब ने सीना फुला कर उत्तर दिया, "हमारे नौजवान अपने देश की रक्षा के लिए हैं। दूसरों के लिए वे अपने आपको संकट में क्यों डालें? आप ऐसा आन्दोलन करें, हम हर तरह साथ देंगे...और उन्होंने देख लिया कि भार्गव साहब सुन रहे हैं; बात संध्या तक डिप्टी कमिश्नर के कानों तक पहुँच जाएगी। उनका अनुमान ठीक ही था। दूसरे दिन डिप्टी कमिश्नर साहिब को समाचार मिला कि शहर में एक सार्वजनिक सभा भारतीय सेना के विदेशी मोर्चे पर भेजे जाने के विरोध में होने वाली है और सिंह साहब उसमें सहयोग देंगे।

डिप्टी कमिश्नर साहब का संदेश पाकर सिंह उनके बँगले पर पहुँचे। रास्ते भर वे साहस बटोरते गये कि वे अपनी बात निधड़क कहेंगे। हमीं लोग सरकार का साथ दे रहे हैं। यदि सभी लोग विरुद्ध हो जायँ तो सरकार जनता की इच्छा के विरुद्ध कैसे जा सकती है। उनके मित्र पोपट साहिब वाइसराय की कौंसिल के मेम्बर थे। सिंह साहब ने उन्हें भी इस विषय में एक पत्र लिखने का निश्चय कर लिया। मन में आशंका यही थी कि नीदरहिल साहब अवसर पर बदतमीजी या डर दिखाकर भी काम निकाल लेने के लिए प्रसिद्ध थे। साहब के बँगले के बरामदे में कदम

रखते समय सिंह साहब ने सोचा कि अगर साहब ने ऐसी वैसी हरकत की तो उन्हें भी ठकुराई का हाथ दिखाना पड़ेगा—हम किसी का दिया थोड़े ही खाते हैं।

साहब ने सिंह साहब को तुरन्त भीतर बुलवा लिया। साधारण से अधिक आत्मीयता से हाथ मिला कर कुर्सी दी। उनके स्वास्थ्य के विषय में पूछा और फिर शिवसिंह की वीरता की प्रशंसा की—"उसमें ऊँचे वंश का रक्त है। उसकी वंश-परम्परा है। ऐसे घराने के लड़के यदि साधारण सिपाहियों के साथ शामिल होकर खाइयों में बरबाद हों तो उससे समाज और सरकार को उनकी प्रतिभा का लाभ नहीं हो सकता। घुड़दौड़ के घोड़े को कहीं लादी में लगाया जाता है? इंग्लैंड में भी खानदानी लड़के फौज में भरती होते हैं तो उन्हें मोर्चों पर कटवाया नहीं जाता। वे फौजी ओहदों पर रह कर व्यवस्था चलाते हैं। जंग शतरंज के खेल की तरह दिमागी चीज है। इसमें कटता प्यादा ही है, दिमागदार खान्दानी अफसर की तो शह होती है समझे आप! ...खैर शिवसिंह होनहार लड़का है, उसे उन्नति का अवसर मिलना चाहिए।

"मेरा ख्याल है, उसे भर्ती के महकमे में अफसर बनाया जाना चाहिए। तमाम फौजी ताकत तो भर्ती की बुनियाद पर कायम है। इसी महकमे में वह कैप्टन, मेजर या कर्नल बन सकता है।" साहब ने सिंह साहब की आँखों में अनुमति के लिए देखा और बोले, "यदि आप समझते हैं कि लड़के की उम्र अभी कम है तो डॉक्टरी मुआयने में उसे रहने दिया जा सकता है।"

सिंह साहब ने आँखें चुराकर सांत्वना की साँस ली–"फिलहाल यही ठीक है।"

साबरी साहब ने भारतीय सेनाओं के विदेशी मोर्चे पर भेजे जाने के विरोध में सभा की परन्तु उस दिन सिंह साहब अपनी लड़की की बीमारी की खबर सुन कर आगरा चले गये थे।

शिवसिंह ने जबसे भर्ती में अपना नाम दिया था, वह शहर भर में अपनी वीरता की डींग मारने लगा था। कल्पना में वह अपने आप को

अफसर की वर्दी में देखने लगा। उसे जब उम्र कम होने के कारण सिपाहीगीरी के अयोग्य बता दिया गया तो उसे अपना घोर अपमान लगा। सरकारी मदद के विश्वास पर वह फौजी डॉक्टर के यहाँ लड़ने पहुँचा। यहाँ उसे उल्टी गाली मिली""बाप से खुशामद करवा कर नाम कटा लिया, ऊपर से बहादुरी दिखाने आया है साले"!"

शिवसिंह के लिए शहर में मुँह दिखाना असम्भव हो गया। उसे जान पड़ा कि उसका सबसे बड़ा शत्रु उसका पिता है। वह घर से गायब हो गया। एक मास बाद पिता को शिवसिंह का पत्र रानीखेत छावनी से मिला कि वह फिर सेना में भर्ती हो गया है और यदि इस बार उसका नाम कटाने की कोशिश की गयी तो वह जहर खा लेगा। सिंह साहब माथा ठोक कर रह गये, करम गति टारे नहीं टरे""।

सिंह साहब का राजभक्ति का उत्साह और उसके साथ ही धन कमाने का भी उत्साह फीका पड़ गया। अब एक ही चिन्ता सिंह साहब और शिवसिंह की बूढ़ी माता को थी। उनके यहाँ निरन्तर कोई न कोई पंडित शिवसिंह के लिए मृत्युंजय मंत्र का पाठ करता रहता था।

सिंह साहब अखबार में केवल एक बात देखते कि युद्ध जल्दी समाप्त होने की संभावना है? अपने शहर में ही नहीं, देश भर के ज्योतिषियों से वे इस बारे में गणना करवाते रहते थे। सभी जगह से उन्हें युद्ध जल्दी समाप्त हो जाने और शिवसिंह के सकुशल लौट आने का आश्वासन मिलता था परन्तु डेढ़ वर्ष तक मृत्युजंय मंत्र का पाठ कराते रहने के बाद भी उन्हें शिवसिंह के उत्तरी अफ्रीका में वीरगति प्राप्त हो जाने का ही समाचार मिला।

शिवसिंह की रोगी माता पुत्र की मृत्यु के समाचार का आघात नहीं सह सकी और सात दिन के भीतर चल बसी। सिंह साहब भी इन घटनाओं से प्रायः जड़ और संज्ञाहीन हो गये थे परन्तु अपना आत्म-सम्मान बनाये रखने के लिए उन्होंने आँखों से आँसू न गिरने दिये।

युद्ध की समाप्ति पर विजय का दरबार किया गया। सिंह साहब को विशेष निमंत्रण मिला। उनके शरीर और मन की अवस्था कहीं जाने लायक न थी परन्तु वे आत्म-सम्मान की रक्षा के लिए छड़ी टेकते हुए दरबार में गये।

गर्वनर साहब ने युद्ध के समय सरकार की सेवा और सहायता के लिए 'कैसरेहिन्द' तगमा उनके सीने पर अपने हाथ से लगाया। सिंह साहब की पिंडलियाँ काँप रही थीं। उन्होंने धैर्य से गवर्नर साहब को धन्यवाद दिया परन्तु तगमा लगवाकर कुर्सी पर बैठ जाने के बाद तगमे की चोट से दुबारा स्वयं उठ न सके। वे कुर्सी पर मूर्छित हो गये।

जिस समय सिंह साहब के बँगले पर उनके मूर्छित शरीर को गाड़ी से उतारा जा रहा था, उन्हें होश आ गया। भीड़ देखते ही परिस्थिति समझ गये। उन्हें अपना आत्म-सम्मान ढहा जाता दिखायी दिया। उनका चेहरा सहसा कठोर हो गया। अपने सीने पर चमकते तगमे को हाथ में जोर से दबाकर वे चिल्ला उठे—"बरस अठारह छत्री जीवे, आगे जीने को धिक्कार···।"

●

मिट्ठो के आँसू

गजमोक्ष मन्दिर के पुजारी हलधर पंडित का छोटा पुत्र सुदामा सोलह वर्ष का हो गया था। मिडिल की परीक्षा में दो बार धकेला जाने पर भी वह उसे पार नहीं कर पाया तो अखाड़े-बाजी और रासलीला में ही अधिक मन लगाने लगा। पुजारी जी अपने बड़े पुत्र को पढ़ा-लिखा कर बाबू बना देने का पश्चात्ताप कर रहे थे। मन्दिर के भविष्य का खयाल कर चुप रह गये।

सुदामा का बड़ा भाई बलराम मैट्रिक पास कर पुजारी की जीविका से लजाने लगा था। पुजारी जी पर कृपा रखने वाले एक यजमान की दया से वह तार घर में नौकरी पा गया था और मन्दिर छोड़ शहर के एक मुहल्ले में जा बसा था। पुजारिन कई बरस पहले ही बैकुंठ सिधार गयी थीं। बड़ा लड़का बहू को लेकर दूर चला गया तो पुजारी जी को सूना-सूना लगने लगा। सुदामा को उसके अखाड़े और रासलीला के साथी घेरे रहते थे। इससे हलधर पंडित को क्या संतोष होता? वे छोटे लड़के के लिए बहू खोज कर अपना घर फिर से बसाने की चिन्ता करने लगे। दो बरस तक यत्न करते-करते यमराज के यहाँ उनका भी खाता पूरा हो

गया। संसार को और बसा सकने की चिन्ता में उन्हें स्वयं ही यह संसार छोड़ देना पड़ा।

पिता का हाथ सिर पर से हट गया तो सुदामा को निर्वाह की कठिनाई अनुभव होने लगी। कुछ समय का प्रभाव समझिए कि यजमानों के यहां से सीधा ले आने में पुजारी के लड़के को अपनी जवानी की हेठी जान पड़ती थी। और जाने से बनता भी क्या? जब गल्ला रुपये का बीस सेर का मिलता था, यजमान उदारता से सीधे में थाली भर आटा, दाल और आधी छटांक घी, नमक भी दे देते थे। अब गल्ला ढाई-तीन सेर के भाव बिक रहा था। यजमान चुटकी भर आटा देकर ही पुण्य ले लेना चाहते थे। सुदामा को कई बार खयाल आया कि जब भगवान् की सेवा का फल ही नहीं तो उन्हें अपने भरोसे छोड़ कर जहाँ सींग समाये चल दे पर पुरानी जगह की ममता थी। मन्दिर का अखाड़ा उसी का बनाया हुआ था। उसे मानने पूछने वाले पाँच-सात लड़के वहाँ आते थे। उसी का इकट्ठा किया रामलीला और जन्माष्टमी की झाँकी का सामान भी था। नयी व्यायी अपनी गैया थी। किसी यजमान ने एक बछिया पुजारी को गोदान में दे दी थी। वह आस-पास के खुले मैदानों में चर कर खूब पुष्ट हो गयी थी। सुदामा उसके लिए पास-पड़ोस के खेतों से हरा चारा भी झटक लाता था। पानी तो कुएँ से खींच कर पिलाता ही था, नहला भी देता। अब वह एक बछड़े की माँ 'गौमाता' बन गयी थी। चितकबरा बछड़ा भी कूदता-फाँदता खूब प्यारा लगता था। सुदामा ने उसके गले और खुरों में घुँघरू बाँध दिये थे। भाग्य की बात, उसी बरस बरसात में मन्दिर के हाते में पुजारी की कोठरी गिर गयी थी। सुदामा मूर्ति के मंडप पर बनी बरादरी में ही रहने लगा था।

स्कूल की शिक्षा न पा सकने पर भी सुदामा जड़ बुद्धि नहीं था। उसने देखा जिन मन्दिरों में कीर्तन होता है, उनकी ओर भक्तों का आकर्षण अधिक रहता है। उसने भी कीर्तन आरम्भ कर दिया। उसका गला अच्छा था। कुछ लोग शहर से कुछ दूर चल कर भी, कीर्तन के लिए गजमोक्ष के मन्दिर आने लगे। उसने संध्या समय ठंढाई घोट देने की भी व्यवस्था कर दी थी। भक्तों के नहाने के लिए जल खींच देता था। लोगों को ऐसा जान पड़ने लगा कि मन्दिर के कुएँ का जल दूसरे कुओं से अधिक ठंडा है। गरमियों में संध्या समय कुछ भीड़ हो जाने

लगी। एक-दो खोमचे वाले भी पहुँचने लगे। उस वर्ष गजमोक्ष के मन्दिर की रासलीला भी खूब जमी।

बरस ही भर गजमोक्ष का मन्दिर बहुत चेत उठा। शहर से स्त्रियों की टोलियाँ भी पूजा के लिए जाने लगीं। पहले बुढ़िया, तब जवान और फिर बहुएं और लड़कियां भी जाने लगी। पूजा के समय सुदामा स्नान कर कमर में धोती का फेंटा कसे, तेल्ल लगे घुँघराले बाल कंधे तक छिपकाये, मूर्ति के चरणों में बैठा चढ़ावा स्वीकार करता और प्रसाद बाँटता रहता। उसके खुले, कसरत से कसे चौड़े सीने पर कोमल, काले घुँघराले बाल उठ रहे थे। उसके नवयुवा, मंसे भीगते चेहरे और पुष्ट डौलों को देखकर कई अलबेली भक्तिनों के मन में गोपी-भाव जाग उठता। वे उसे ऐसी चितवन से देख जातीं कि सुदामा को याद आता रहता और बेचैनी अनुभव होती। तब उसे मिट्ठो की याद आ जाती। वह सड़क के पूरब बिन्द्रा काछी के यहाँ से तरकारी के लिए कोई लौकी, तुरई या मूली ले आने के लिए चल देता।

मिट्ठो बिन्द्रा काछी की बहू थी। मन्दिर से पूरब, सड़क पार सौ कदम पर बिन्द्रा की कछियारी थी। आधा बीघा जमीन में वह तरकारी और फूलों की खेती करता था। बिन्द्रा के लड़के के ब्याह में कर्ज अधिक हो गया था इसलिए लड़का एक तेल मिल में नौकरी करने लगा था। फिर कानपुर में अच्छी मजदूरी पाकर वहाँ चला गया था। कभी महीने-पखवाड़े एक दो दिन को घर आ जाता था। उम्र उसकी कम ही थी परन्तु बदन सूखा-सूखा और गाल धँसे होने से बेरौनक सा लगता था। नशे-पानी की आदत से कमजोर भी हो गया था। बिन्द्रा को गठिया का रोग था। मिट्ठो की सास सुबह ही तरकारी लेकर शहर चली जाती और तीसरे पहर लौटती। कछियारी का काम मिट्ठो पर ही था।

मिट्ठो कभी-कभी पुजारी जी की गैया का गोबर ले जाती थी। हलधर देख लेते तो हल्ला करने लगते थे—"गोबर कहाँ ले जा रही है? क्या सेंत का गोबर है। हम क्यारी में से एक भिंडी तोड़ लें तो बिन्द्रा लट्ठ ले के दौड़ता है।"

मिट्ठो पाँचवें-छठे तरकारी दे जाती या सुदामा जाकर ले आता। तरकारी के लिए मिट्ठो और सुदामा में तकरार भी होती। इसलिए नहीं

कि तरकारी से सुदामा का सन्तोष नहीं होता था, यों ही जरा चुहुल के लिए।

पुजारी के बैकुंठ सिधार जाने के बाद भी मिट्ठो तरकारी लेकर जाती थी—"देखें तो, क्या लायी हो?" सुदामा उसकी झोली में हाथ डाल देता, "हमें नहीं चाहिए भिंडी। हम घुइयाँ लेंगे।"

"हाय, इस वखत कहाँ है घुइयाँ?" मिट्ठो मुस्करा देती।

"ये क्या छिपा रखी है!" सुदामा छेड़खानी करने लगता।

मिट्ठो झल्लाती—"हम हल्ला कर देंगे। क्या हो रहा है तुम्हें? देखते नहीं सूरज भगवान् देख रहे हैं।"

सुदामा के अनुरोध से या मिट्ठो के आमन्त्रण से एक पहर रात गये दोनों सड़क के उस पार इमली के पेड़ के नीचे मिले। फिर सुदामा ने समझाया—"रात में कौन रहता है? वहीं आ जाना।"

कभी सुदामा मिट्ठो को दिन में कह देता या कभी वह स्वयं ही रात में आ जाती।

सन् १९४० में अंग्रेज साम्राज्यशाही योरुप में हिटलरशाही से तोप-तलवार से लड़ रही थी। युद्ध में इस देश की जनता और साधनों का उपयोग कर सकने के लिए उन्हें यहाँ की कूटनीति का युद्ध करना पड़ रहा था। जनता को भूख से व्याकुल कर, युद्ध के मोर्चे पर ला सकने के लिए अन्न-वस्त्र भी खूब महँगा हो जाने दिया गया। महँगी में ऊँचे दाम पा सकने के लिए सभी पदार्थ बाजार से लोप हो गये। यहाँ तक कि सरकार को युद्ध की आवश्यकता के लिए गल्ला, लोहा और कपड़ा मिलना कठिन हो गया।

अन्न-वस्त्र की अभूतपूर्व महँगाई के कारण देश में अराजकता फैल जाने की सम्भावना हो गई इसलिए अन्न-वस्त्र की बिक्री और दामों पर कन्ट्रोल लगा दिये गये। नये-नये दफ्तर खुल रहे थे। अकाउण्ट के दफ्तर के सुपरिंटेंडेंट नार्टन साहब जिले के राशनिंग अफसर तैनात हुए। अपना दफ्तर ठीक से चला सकने के लिए नार्टन साहब ने अपने अनुभवी और

स्वामिभक्त हेड क्लर्क गजपत बाबू की बदली अपने यहाँ करवा कर उन्हें अपना पर्सनल असिस्टेन्ट बनवा लिया।

गजपत बाबू ने अपने जीवन के बीस वर्ष अकाउण्ट दफ्तर में क्लर्की करते बिता दिये थे। उनकी चालीस वर्ष की आयु हो जाने तक भगवान् ने अपनी असंख्य संतानों की भाँति उनकी ओर भी विशेष ध्यान दिया था। तीस रुपये मासिक की नौकरी पर वे क्लर्क भरती हुए थे। पहले ढाई रुपया वार्षिक और फिर पाँच रुपया तरक्की पाते-पाते वे बड़े बाबू की कुर्सी और दो सौ रुपया मासिक के योग्य हो गये थे। गजपत बाबू ने भगवान की ओर से विशेष प्रोत्साहन न पाकर सरकार के प्रतिनिधि, अपने दफ्तर के अंग्रेज असिस्टेंट सुपरिंटेंडेंट के प्रति ही भक्ति और श्रद्धा दिखायी। उनके कोई गलती न करने पर भी साहब उन्हें गलती से 'स्टुपिड' कहकर धमका देते तो भी वे 'यस सर' कह कर अपनी भूल स्वीकार कर लेते। साहब बाबू जी की इस योग्यता की कद्र कैसे न करते!

युद्ध के समय व्यापारी कपड़े, लोहे और सीमेंट के चढ़े हुए दामों से दोनों हाथों मुनाफा समेट रहे थे। सरकार ने उनके मुनाफे की गंगा में कन्ट्रोल का बाँध खड़ा कर दिया ताकि सरकार की आवश्यकताएँ पहले पूरी हो सकें। कन्ट्रोल के इस बाँध की रखवाली कर रहे थे नार्टन साहब और उनकी सहायता के लिए थे गजपत बाबू। सेठ जी पन्द्रह मिनट के सौदे में बीस हजार कमा सकते थे परन्तु खरीदने और बेचने की परमिट के बिना कैसे होता। सेठ लोग कपड़े, लोहे सीमेंट की खरीद-फरोख्त की परमिटों के लिए गिड़गिड़ाने लगे और परमिटों की दरख्वास्त के नीचे सौ-दो-सौ के नोट रखकर बाबू जी को थमाने लगे। साहब को इतनी पुर्सत कहाँ थी कि पूरी फाइलें पढ़ते। मंजूरी और इनकार के हुक्म गजपत बाबू ही लिखते थे। साहब मुँह में सिगार दबाये दस्तखत की मशीन की तरह हुक्म पास करते जाते थे।

बाजार में दाम बढ़ जाने से गजपत बाबू की तनखाह के रुपयों का दाम चौथाई भी न रह गया था। उस समय स्वयं चले आते इस धन को वे कैसे ठुकरा देते? इस धन को ठुकराने से वह दुगुना होकर उनके चरणों पर गिरता था। सेठ लोग उन्हें अन्नदाता पुकार कर पाँच सौ-हजार के नोट थमा कर दया की भीख माँगते थे। इसे गजपत बाबू अपने

पिछले जन्म के पुण्य का फल और भगवान् की कृपा के अतिरिक्त और क्या समझते? भगवान् ने अबेर से ही सही, उनकी सुध ली। सरकार से उन्हें जो तनखाह मिलती थी उसके लिए वे सरकार का काम करते थे। सेठ जी को पचास हजार बटोर लेने का अवसर देकर यदि वे इस सहायता के लिए हजार स्वीकार कर लेते थे तो उसमें अंधेर क्या था?

गजपत बाबू को भगवान् की इतनी बड़ी कृपा सम्भाल लेने का अभ्यास न था। यह बल पाने के लिए उन्हें भगवान् से विशेष सहायता की आवश्यकता थी। डेढ़ वर्ष के समय में ही सवा लाख से अधिक जमा हो गये रुपये के भय के बोझ से उनकी सांस रुकने सी लगती थी। गजमोक्ष के मन्दिर की ओर फैलती बस्ती में उन्होंने जमीन का एक टुकड़ा लेकर बड़ा सा मकान भी बनवाना शुरू कर दिया था। इस मकान को देखकर दूसरे लोगों को आश्चर्य होता था परन्तु गजपत बाबू को भय लगता। अपने आपसे अनुभव होने वाले भय का एक ही समाधान था कि वह सब भगवान् की इच्छा और कृपा है। ज्यों-ज्यों उनका गुप्त धन बढ़ रहा था, उसके बोझ से इनका शरीर सूखता जा रहा था। वे सांस-सांस में भगवान् का स्मरण करने लगे परन्तु इससे भी संतोष न होता। उनका मन चाहता कि सहारे के लिए भगवान् के चरण पकड़ लें। वे मन्दिर जाने लगे। मन्दिर में भगवान के दर्शन से ही मन न भरता; इच्छा होती भगवान के सामने लोट कर उनको पुकारें परन्तु मुहल्ले के मन्दिर में परिचितों के सामने भक्ति की विह्वलता दिखाते भी संकोच होता था। वे लोक दिखावे के लिए भक्ति नहीं करना चाहते थे। गजपत बाबू भगवान के चरणों में एकान्त पाने के लिए कभी एक मन्दिर में जाते और कभी दूसरे में।

गजमोक्ष का मंदिर शहर से जरा हटकर होने के कारण पुजारी सुदामा भक्तों की सुविधा का विचार कर नौ बजते-बजते कीर्तन और आरती समाप्त कर देता था और मन्दिर में सन्नाटा हो जाता था। गजपत बाबू कीर्तन समाप्त होने के समय गजमोक्ष के मन्दिर में आये और एक ओर चुप बैठकर भजन करने लगे। आरती भी हो गयी पर बाबू मौन बैठे भजन करते रहे। सुदामा नित्य की तरह मन्दिर की बारादरी का जँगलेदार दरवाजा बन्द न कर सका। वह एक ओर बैठकर सुरती मलने

लगा कि बाबू का भजन समाप्त हो जाय। देर तक भजन समाप्त नहीं हुआ तो उसे खलने लगा। उसने उस रात मिट्ठो को आने के लिए कहा था। वह उसकी राह की ओर देख रहा था।

आँखें मूँदे बाबू का भजन समाप्त नहीं हुआ। पिछवाड़े की ओर से मिट्ठो आती दिखाई दी। सुदामा ने उस ओर जा मिट्ठो का हाथ थाम कर उसे चबूतरे पर चढ़ा लिया और धीमे से कहा—"यह कोई एक लम्बा भजन करने वाला है। देर से बैठा है। बस अब जाता ही होगा, तू आ जा। खम्भे की ओट में बैठ जा। ले तब तक सुरती मल कर खा।"

गजपत बाबू को भजन करते कुछ और समय बीत गया। भजन समाप्त कर वे मन्दिर से चले जाने के बजाय मूर्ति के सामने साष्टांग लेट गये और रुआँसे स्वर में बोलने लगे—"हाय भक्तवत्सल मुरली मनोहर, गोपियों के प्यारे, गौवों के रखवारे, कुब्जा को तारने वाले मेरी रक्षा करो। हे जगतारण, राधामोहन मैं बड़ा पापी और खलकामी हूँ। मुझे पाप से उबारो। मेरी रक्षा करो।" बाबू ज्यों-ज्यों भक्ति-विह्वल होते जाते इनका क्रन्दनपूर्ण स्वर ऊँचा होता जाता। औंधे मुँह लेटे वे चिल्लाने लगे, वे द्रौपदी के लाज के बचैया, शरणागत के रखैया, मुझे पाप के मगर ने पकड़ लिया है, मेरा उद्धार करो!" भक्त बहुत ऊँचे स्वर से चिल्लाने लगा। मिट्ठो को लगा कि लोग इकट्ठे हो जायेंगे। वह डर के मारे उठ कर भाग गयी। सुदामा बेबसी में दाँत किट-किटाकर रह गया।

सुदामा का खयाल था कि बाबू की भक्ति-विह्वलता केवल एक ही रात की बात है। पहले भी एकाध भक्त, रात भर जप के लिए मन्दिर में बैठ चुके थे। यह बाबू नियम से आने लगे और उनके भक्ति-विलाप का समय और सुर बढ़ता जा रहा था। सुदामा अखाड़ा करने वाला कसरती आदमी था। उसे नींद भी जोर की आती थी। उसकी आधी रात तक की नींद गयी। चौथे-पाँचवें मिट्ठो का आना हो जाता था सो वह भी गया पर भक्त से क्या कहे? भक्त ही तो उसके अन्नदाता थे।

सुदामा मिट्ठो से मिला तो उसने भी उपालम्भ दिया—"वाह, हमें बुलाकर यों ही हलकान किया। उस मुए को रोज बैठा लेते हो। परसों हम फिर आयी तो फिर बैठा था। हम डर के मारे भाग आयी।"

"रोज ही आ बैठता है। अच्छी परेशानी हो गयी। सोने भी नहीं देता।" सुदामा ने स्वीकार किया।

"दाढ़ीजार को डाँट क्यों नहीं देते? कह दो, मत आया करो यहाँ।" मिट्ठो ने सुझाया।

"यह कैसे हो सकता है। भक्तों को कहीं डाँटा जाता है। ऐसा करें तो मन्दिर में कोई आये क्यों।" सुदामा ने चिन्ता प्रकट की।

"तो हम बतायें," मिट्ठो ने सलाह दी, "मुआ रात को लौटने लगे तो पीछे जा बड़े-बड़े पत्थर आस-पास फेंकने लगना। समझेगा, रास्ते में भूत लगता है। खुद ही नहीं आएगा।"

सुदामा सुनकर चुप रह गया। सोचता रहा और बोला—"अच्छा, आज सही तू आकर देखना। जरा अबेर से आना जब यह मूर्ति के सामने लेट कर चिल्लाने लगता है तब।"

अगले दिन सुदामा आरती समाप्त कर कीर्तन के झाँझ, खड़ताल और ढोलकी समेट रहा था कि गजपत बाबू आ गये। सुदामा ने समझाना चाहा—"बाबू जी, रात गये तक भजन करते रहते हैं। नींद नहीं ले पाते हैं इसी से तो आपका बदन झटकता जा रहा है। जरा जल्दी आ जाया कीजिए।"

अपनी भक्ति के इस बखान से संतुष्ट होकर गजपत बाबू ने उत्तर दिया—"भैया, भक्ति किसी को दिखाने के लिए तो नहीं करनी। इस शरीर की माया का क्या है? भगवान् जितनी जल्दी अपने चरणों में स्थान दे दें, उनकी दया है। गोपीवल्लभ से यही प्रार्थना है कि इसी छिन हमें अपने में लीन कर लें।" सुदामा चुप रह गया।

मिट्ठो आयी और देखा कि भक्त आंखें मूंदे एक ओर बैठे भजन कर रहे हैं। सुदामा कहीं दिखाई नहीं दिया। वह बारादरी के एक खम्भे की आड़ में खड़ी होकर सुदामा की प्रतीक्षा करने लगी।

बाबू भजन समाप्त कर मूर्ति के सामने साष्टांग लेट गये और पुकारने लगे—"ऐ गिरधारी नटवर बनवारी मुझ पापी को अपने चरणों में शरण दो!" उनका विह्वल स्वर ऊँचा होता जा रहा था। सूना मन्दिर उनकी करुण पुकारों से गूँजने लगा।

मिट्ठो धोती की खूँट दाँतों में दबाए विस्मित चुप खड़ी थी। बाबू ने और जोर से पुकारा—"हे भक्तों के पापों को हरने वाले! अधमों का उद्धार करने वाले! मुझे अपने में विलीन कर, इस मायामय संसार से मोक्ष दो।"

मिट्ठो को मन्दिर के मंडप में धरी छोटी मूर्ति के पीछे एक और बहुत बड़ी मूर्ति दिखायी दी। वह घबराहट में चीख कर भागना ही चाहती थी कि सुनायी दिया—"ऐ मेरे प्यारे भक्त, मैं तेरी भक्ति से प्रसन्न हूँ मैं तेरी पुकार सुनकर स्वर्ग के कदम्ब बन से आया हूँ।"

बाबू का विह्वल क्रन्दन रुक गया। जमीन पर औंधे पड़े-पड़े उन्होंने गिरगिट की तरह सिर उठाकर मूर्ति के मंडप की ओर देखा। मुरली मनोहर की छोटी सी मूर्ति ने बढ़कर पूरे जवान का रूप ले लिया था पर वही श्यामल रूप, मोर मुकुट, कर में मुरली, उर में माल और कमर में पीताम्बर!

गजपत बाबू सन्न रह गये। पलक भी न झपका सके।

मूर्ति ने करुणा से मुस्कराकर कोमल स्वर से कहा—"ओ मेरे भक्त, मैं भक्तों का भक्त हूँ। तेरी पुकार सुन तेरी इच्छा पूर्ण करने के लिए आया हूँ। आ प्यारे, तू मुझमें विलीन हो जा। मैं तेरी आत्मा को अपने विमान में स्वर्ग ले जाऊँगा।" भगवान् बाँहें फैलाये गजपत बाबू की ओर एक कदम बढ़ गये।

गजपत बाबू की आँखें फटी की फटी रह गई। उनका शरीर थरथर काँप रहा था। हाथ जोड़े, घिघ्घी बँधे गले से बड़ी कठिनाई से बोले—"भगवान्, भगवान् क्षमा कीजिए! ...अ अ अभी नहीं! अ अ कृपालु, मेरा मकान अभी पूरा नहीं हुआ। अ अ अभी एक भी लड़की का ब्याह नहीं हो पाया ...!"

भगवान के माथे पर क्रोध की त्योरियाँ पड़ गई। भगवान ने अपने हाथ की मुरली से बाबू की ओर संकेत कर कड़े स्वर में डाँटा-"निकल आ यहँ से! तू मेरा भक्त नहीं। तू छलिया है। यमदूत तुझे रौरव नरक में ले जाएँगे।" भगवान् मुरली को बाबू की ओर ताने क्रुद्ध खड़े रहे।

जगपत बाबू ने साष्टांग लेटे अपने शरीर को जैसे-तैसे सम्भाला और मन्दिर के द्वार की ओर दौड़े। वे दहलीज से ठोकर खा गिर पड़े। यह देखकर भगवान् मूर्ति के मंडप से निकल कर आये और गिरे हुए बाबू को सम्भालने लगे।

बाबू बेहोश हो गये थे।

"अरी जरा जल तो ला। लोटे में है।" खम्बे के पीछे खड़ी मिट्ठो ने सुदामा की पुकार सुनी। वह पानी लेकर आयी।

"मुए को बहुत चोट तो नहीं आ गयी" मिट्ठो ने घबराहट में पूछा। सुदामा ने बाबू के मुँह पर छींटे मारे पर वे होश में नहीं आये।

"तू इसे आँचल से हवा कर। मैं अभी आता हूँ।" सुदामा ने कहा। मिट्ठो बाबू को हवा करती रही।

सुदामा रासलीला सिंगार उतार कर आया। बाबू को अब भी होश नहीं आया था। सुदामा घबराने लगा—"इसे कुछ हो गया तो?"

"क्या जाने?" मिट्ठो ने चिंता में साथ दिया। कुछ देर में वह चली गयी।

घण्टे भर बाद बाबू को होश आया। नंगे सीने हष्ट-पुष्ट युवक को अपने समीप बैठे अपनी ओर देखते देखकर बाबू चीख उठे–"यमदूत! यमदूत! हे भगवान् बचाओ। मैं छलिया नहीं।" बाबू बेहोश हो गये।

"डरो मत बाबू। भगवान् नहीं थे। अरे हम थे, हम! हमने स्वांग रचा था। डरो मत। हम यमदूत नहीं। हम सुदामा पुजारी हैं।" बाबू बेहोश में सुन न सके। सुदामा और भी घबरा गया, क्या करे। उसे बाबू का मकान भी मालूम न था। सामने आदमी बेहोश पड़ा था। उसे नींद भी कैसे आती। यही चिंता खाये जा रही थी कि कहीं उन्नीस-बीस हो गया तो?

बाबू को एक बार फिर होश आया और वे फिर चिल्ला उठे—"यमदूत! यमदूत! बचाओ भगवान्! नहीं, मैं छलिया नहीं…।"

सुदामा ने समझाना चाहा पर बाबू ने सुना नहीं और बेहोश हो गये।

कोतवाली से तीन बजे का घड़ियाल बज रहा था। सामने से कुछ आदमी लालटेन और बिजली की टार्च लेकर आते दिखायी दिये। बाबू का बड़ा लड़का मुहल्ले के तीन आदमियों को लेकर उन्हें खोजता आया था। बाबू के गिरने और बेहोशी पर सब विस्मित हो रहे थे।

सुदामा स्वाँग बनाकर बाबू को डरा देने की बात इनसे कैसे कहता? इतने में बाबू ने आँखें खोलीं। अपने को कई आदमियों से घिरा देखकर

और भी अधिक भयभीत होकर चिल्ला उठे—"यमदूत! यमदूत! बचाओ, भगवान् बचाओ! मैं छलिया नहीं।"

सुदामा ने बताया कि बाबू नित्य बहुत रात गये तक भजन-भक्ति करते रहते थे। वह तो सो जाता था, वैसे ही वह सो गया था। बाबू के चिल्लाने से नींद टूटी तो देखा भागे जा रहे हैं और दहलीज से ठोकर खाकर गिर पड़े। हम दौड़कर पहुँचे, तब तक बेहोश हो गये थे। होश आता है तो बड़बड़ाने लगते हैं।

इतने में बाबू फिर चिल्ला उठे—"भगवान्! बचाओ बचाओ, यमदूत आ गये! मैं छलिया नहीं। तुम्हारा भक्त हूँ। मैं तुम्हारे साथ चलूँगा।"

गजपत बाबू के पुत्र के साथ आये बनवारी ने सब लोगों की ओर देख निश्चय से कहा—"क्या कहते हो? हम कहते हैं कि बाबू को भगवान् ने दर्शन दिये जान पड़ते हैं। बाबू भक्ति भी तो बहुत करते थे या भगवान् ने बाबू की परीक्षा ली हो या डर गये हों।" इसके अतिरिक्त और अनुमान भी क्या हो सकता था। एक खाट लाई गयी और बाबू को उनके मकान पर पहुँचाया गया।

समाचार बिजली की तरह शहर में फैल गया। हजारों की भीड़ भगवान् का दर्शन पाये भक्त का दर्शन करने आने लगी। हजारों की भीड़ गजमोक्ष मंदिर में दिन भर जमा रहने लगी। चढ़ावा इतना आने लगा कि मंडप में समा न सकता था। गजपत बाबू के भगवद्-दर्शन पाने का प्रामाणिक वर्णन अखबारों में छप गया। बाबू बहुत तन्मयता से नित्य विह्वल हो भगवान् को पुकारते थे। आधीरात मंदिर में बंशी की ध्वनि गूंज उठी। पुजारी सुदामा भी जाग उठा। भगवान् ने भक्त को उसी समय मोक्ष देने की इच्छा प्रकट की परन्तु भक्त का माया-मोह टूटा न था इसलिए भगवान् उसे छोड़कर चले गये।

गजपत बाबू का इलाज करने के लिए बुलाये गये डॉक्टरों की राय थी कि किसी प्रबल मानसिक आघात से बाबू का मस्तिष्क विकृत हो गया है। उन्हें तेज ज्वर हो गया था। ऐसी अवस्था में ही वे तीसरे दिन, यमदूतों के अपने चारों ओर मंडराने की कल्पना करते और भगवान् को पुकारते-पुकारते बैकुंठ सिधार गये।

गजमोक्ष के मंदिर में भगवान् के प्रकट होने का समाचार देहात और दूसरे शहरों में पहूँच गया। भक्त राजस्थान, पंजाब और सिंध से आ-

आकर सोने के छत्र चढ़ाने लगे। मंदिर का जीर्णोद्धार हो गया। चबूतरा चारों ओर बीस-बीस हाथ बढ़ गया। छः मास बीतते-बीतते आसपास कुछ दुकानें भी बन गईं। एक सेठ ने एक गाँव की आमदनी मन्दिर के नाम कर दी। उससे सैकड़ों भिखारियों को प्रसाद बाँटा जाने लगा था।

मन्दिर में अपरिमित धन बरस रहा था परन्तु सुदामा उसकी ओर से उदास था। वह मन्दिर के बारादरी के किसी खम्बे से पीठ सटाये बैठा अपने छल का परिणाम देखता रहता पर बोल न पाता। भोजन भी कोई खिला देता तो खा लेता। लोगों का विश्वास था कि उसे भगवान् के दर्शनों की झलक मिल चुकी है। वह भगवान की लौ में चुप रहता है। उसे भूख प्यास क्या? भक्त लोग उसकी प्रशंसा में कहते—"जिसने भगवान् का प्रत्यक्ष दर्शन कर लिया, उसे माया क्या लुभायेगी।"

सुदामा का बड़ा भाई तार घर में नौकरी कर रहा था। उसने यह अवस्था देखी तो भगवान् की सेवा के लिए नौकरी छोड़कर मन्दिर में आ बसा। अब उसके लिए पक्का मकान बन गया था।

अब मन्दिर में फूलों की बिक्री बहुत अधिक होती थी। मिट्ठो के अतिरिक्त और भी पाँच-सात फूल बेचने वाले सुबह ही आ जाते। मिट्ठो का दिल भारी-भारी रहता। उस रात के बाद मन्दिर में ऐसा मेला लगने लगा कि उसे सुदामा से बात करने का मौका ही नहीं मिलता था। कभी आँखें चार हो भी जातीं तो मिट्ठो को सुदामा की आँखें बुझी-बुझी दिखायी देतीं, जैसे वह पहचान ही न रहा हो। उसका बदन भी सूखता जा रहा था। मिट्ठो का मन कट-कट कर रह जाता था। वह मन ही मन कहती—इसके मन पर आदमी की जान का बोझ है। काहे मैंने वैसी बात कही थी।

गजमोक्ष के मन्दिर में भगवान् के प्रत्यक्ष होने की घटना के ठीक एक वर्ष बाद सुदामा आधी रात बरादरी के खम्भे से पीठ लगाये बैठे-बैठे निष्प्राण हो गया।

भक्तों ने कहा—"भक्तराज सुदामा अपने भगवान् का भजन करता हुआ भगवान् के धाम सिधार गया।"

भगवान का दर्शन पाये पुजारी की बैकुंठ यात्रा की तैयारी हुई। विमान फूलों से लद गया। आगे-आगे बैंड बज रहा था। घंटे, घड़ियालों

और शंखों की ध्वनि हो रही थी। कीर्तन करती टोलियां आगे-पीछे चल रही थीं। मन्दिर से नदी तक दो मील का मार्ग 'भक्तराज सुदामा की जय!' पुकारती भीड़ से भर गया था इस मृत्यु से किसी को शोक न था, किसी की आँखों में आँसू न थे। भीड़ उत्साह से उमड़ रही थी।

केवल मिट्ठो मन्दिर के चबूतरे की सीढ़ियों के नीचे आँचल में मुँह छिपाये फफक-फफक कर आँसू बहा रही थी।

●

तीस मिनट

रत्ना के पति बाबूराम गुप्त दफ्तर जाने के लिए घर से निकल कर गली के बाहर हुए ही थे कि सिन्हा का नौकर साइकिल पर आया। वह बोला कुछ नहीं, चारों ओर नजर डालकर उसने अपनी खाकी गांधी टोपी की तह में से एक पुर्जा निकाला और रत्ना को थमा कर तुरन्त लौट गया।

रत्ना ने पुर्जा पढ़ा। शरीर सनसना गया। सिर चकराने लगा। उसने पुर्जा महीन-महीन नोच दिया और मुट्ठी में लिए आँगन के पार रसोई घर की ओर गयी। नौकर चूल्हे पर देगची चढ़ाकर कनस्तर से आटा निकाल रहा था।

''आँच इतनी तेज क्यों कर देता है?'' रत्ना ने झल्लाहट दिखायी। लकड़ियों को बाहर खींचते हुए उसने पुर्जे के टुकड़े आग में डाल दिये, ''तुझे कई बार समझाया है कि तेज आँच में सब्जी बिगड़ जाती है।'' कहकर वह लौट गयी।

रत्ना का शरीर सनसना रहा था और सिर चकरा रहा था। कुछ पल सिर को थामे वह तख्त पर बैठी सोचती रही, यह कैसे हो सकता है।

कैसे चली जाऊँ?···यदि न गई तो? सिन्हा की बात वह भूल न सकती थी—"यदि तुम न आयीं तो जो हो जाय, तुम जानो।" रत्ना को कँपकँपी सी आ गयी। सिन्हा ने कहा है तो कर भी डालेगा।

पाँच दिन पहले की प्राण सुखा देने वाली घटना सहसा उसकी स्मृति में तड़प गयी। सिन्हा ने ऐसे ही पुर्जा भेजा था—मिलने का अब कोई उपाय नहीं, मैं रह नहीं सकता। आज रात चाहे दो मिनट के लिए हो, तुम्हारे यहाँ छत पर आऊँगा।

उस दिन भी नौकर उत्तर के लिए ठहरा नहीं था। वह दिन भर तड़पती रही कि उस तक यह जोखिम न उठाने की अपनी प्रार्थना कैसे पहुँचा दे। राजो के व्यवहार के कारण वह स्वयं सिनहा के यहाँ जा नहीं सकती थी।

रात में सिन्हा सचमुच ही छत पर पहुँच गया था। मकान के पीछे का नल पकड़ कर वह अँधेरे में चढ़ आया था। यदि कोई देख लेता या हाथ-पाँव फिसल जाते? सभी तरह कितनी बड़ी जोखिम थी। सिन्हा कहता ही था—मेरी जान दाँव पर है। तुम्हें छोड़ नहीं सकता।

रत्ना सिन्हा के मन की अवस्था जानती थी—और उसके लिए सब कुछ किये बिना रह सकना सम्भव न था। वह सिन्हा की बात पर मर जाने के लिए तैयार थी तो फिर और क्या था?···वास्तव में वह सिन्हा के लिए प्राण दे देने के लिए ही बेचैन थी। मन की इस गहरी विवशता और निश्चय के ऊपर रत्ना का मस्तिष्क कहे जा रहा था, नहीं यह ठीक नहीं। अकेले जाने में उसे भय और झिझक नहीं थी पर अब उचित न था। महीना भर पहले तक वह गुप्ताजी के दफ्तर जाते समय कह देती थी—"मैं जरा राजो बहिन के हो आऊँगी। कभी किसी दूसरी सहेली का नाम ले देती थी पर जब पति के मन में सन्देह की छाया आ गयी, उसने अकेले निकलना छोड़ दिया था। अब अकेली निकल सकती थी तो केवल एक ही बार,····कभी न लौटने के लिए।

रत्ना ने दृढ़ निश्चय कर लिया, वह सदा के लिए जा रही है; जाना उसे होगा। जो होना है हो। उसने साड़ी बदली और फिर रसोई के सामने जाकर बोली—"अरे गोपाल, आटा गूँथ रहा है···अच्छा गूँथ ले। रम्मी बहिन जी आयी हैं। मैं उनके साथ थोड़ी देर के लिए जा रही हूँ। किवाड़ मूँद रही हूँ। तू साँकल लगा लेना।"

रत्ना तेज परन्तु लड़खड़ाते कदमों से घर के दरवाजे से बाहर हुई, वैसे ही कदमों से सिमटती हुई सी छोटी गली से निकल सामने खड़ी रिक्शा पर बैठ गयी।

लोग देखते होंगे इस खयाल से भी वह रुक न सकी। 'स्टेशन' उसने रिक्शा वाले की आँखों में प्रश्न का जवाब दिया। यह शब्द कहने में उसे प्राणों की पूरी शक्ति लगा देनी पड़ी।

रिक्शा के चलते ही रत्ना के मन में गहरी टीस उठी—दोनों लड़कियाँ स्कूल से लौटकर 'अम्माजी, अम्माजी' चिल्लाकर दौड़ेंगी और उसे न पाकर उदास हो जाएँगी। संध्या समय 'ये' आकर कितने परेशान होंगे? इन दृश्यों से बचने के लिए उसने आँखें मूँद लीं पर दृश्य तो मन में थे।

रत्ना ने होंठ दबाकर कहा, अब क्या करूँ। ये लोग समझ लें मैं मर गयी। उसे सिन्हा का, दृढ़ निश्चय से गम्भीर मुख दिखाई दे रहा था। वह जा नहीं रही थी जाना पड़ रहा था; वह रुक नहीं सकती थी। वह चाह रही थी कि न जाये पर स्टेशन पर पहुँच गयी।

स्टेशन पर रत्ना के पाँव लड़खड़ा रहे थे। वह स्टेशन पर कभी अकेली नहीं गई थी। उसे जान पड़ रहा था, सभी लोग उसे विस्मय से देख रहे हैं पर अब क्या हो सकता था। स्टेशन पर पहुँचते ही सिन्हा सामने न दिखायी दिया। यह एक और धक्का लगा। अब क्या हो सकता था? वह तेज धारा में कूद चुकी थी। रुक सकने के लिए कोई किनारा या आधार कहीं नहीं था। याद आया, लिखा था—रेस्तोराँ में बैठना। शायद वहाँ ही हों।

घबराते हुए उसने प्लेटफार्म टिकट ले लिया। स्टेशन के रेस्तोराँ में रत्ना ने एक बार सिन्हा और राजो के साथ चाय पी थी, तब गुप्ता जी भी साथ थे। रविवार का दिन सिन्हा ने निश्चय ही इसलिए तय किया था कि रत्ना और गुप्ता उसे छोड़ने स्टेशन पर जा सकें। डाक गाड़ी एक घण्टे लेट थी।

रत्ना को याद आया—चाय पीते-पीते हम लोग कितना हँस रहे थे। तब इनके मन में संदेह नहीं हुआ था। मैंने पूछा—"कलकत्ते से हमारे लिए क्या लाएँगे? सिन्हा ने उत्तर दिया—जो लिए जा रहा हूँ वही लाऊँगा।'

राजो और मैं समझ कर मुस्करा दी थीं।

गुप्ता जी समझ नहीं सके थे इसलिए बोल पड़े थे–"वाह, इतनी दूर जा रहे हो। कब-कब ऐसा अवसर होता है।"

राजो तब कितनी आड़ बनाये रखती थी। उसे हो क्या गया? ...नहीं तो यह नौबत आती क्यों?

सिन्हा प्लेटफार्म पर भी दिखायी नहीं दिया। रत्ना सहमते हुए कदमों से रेस्तोराँ तक गयी। दरवाजा खोलकर झाँका—बिलकुल सूना था। यह क्या? ऐसी जगह अकेली कैसे बैठे! सामने बड़ी घड़ी पर नजर पड़ी, ग्यारह बजने में सात मिनट! पुर्जे में ठीक ग्यारह बजे लिखा था। रत्ना को दरवाजे से लौटना पड़ा। क्या करे?

शन्टिंग करता हुआ एक इंजन बहुत जोर से झक-झक करता लाइन पर से गुजर गया। इच्छा हुई कि उस इंजन के सामने कूद पड़े। इस विचार से भय नहीं लगा पर खयाल आया–सारे शहर में खबर फैल जाएगी कितनी बदनामी होगी!

रत्ना घर से आ गयी थी तो अब साहस से सोचकर कुछ उपाय करना ही था। सामने ही दिखायी दिया—प्रथम-द्वितीय श्रेणी की महिलाओं के लिए प्रतीक्षालय। वह भीतर चली गयी। कुर्सी पर बैठकर दरवाजे की जाली से सिन्हा की प्रतीक्षा में प्लेटफार्म पर आँखें गड़ा दीं।

रत्ना सोचने लगी—हाय, राजो को क्या हो गया? उसके लिए जान भी दे दूँ तो उसका एहसान उतार नहीं सकती। वैसा दिल किसी का नहीं हो सकता। स्वयं आकर मुझे ले जाती थी। हम दोनों को कमरे में छोड़कर बहाना कर जाती—'भई विमला के लड़के को बुखार है, जरा उसे देख आऊँ। तू मेरे आ जाने तक यहाँ ही ठहरना। तुझे गाड़ी में पहुँचा आऊँगी।'

रत्ना नें सोचा : मैं बाले (सिन्हा) को कितना समझाती थी। बाले, इतनी ज्यादती मत करो। माना कि राजो बहिन का दिल बड़ा है, वह तुम्हारे लिए सब कुछ कर सकती है परन्तु फिर औरत का दिल है। बाले नहीं माने। आखिर वही हुआ। राजो को खयाल हो ही गया कि बाले मुझे उससे अधिक चाहते हैं पर इतना एहसान क्या उसका कम है कि

उसने 'इन' से या किसी और से कभी कुछ कहा, नहीं तो मुझे उसी समय जहर खा लेना पड़ता या फाँसी लगा लेती।...

रत्ना ने सोचा : बाले को हो क्या गया? आखिर कहाँ ले जाएँगे? दो घरों को बरबाद करेंगे!...मैं आ क्यों गयी? अब भी लौट जाऊँ? उसने उठने का यत्न किया पर सिन्हा का चेहरा कल्पना में सामने आ गया। बाले न जाने क्या कर बैठे? सिन्हा के रात में छत पर चढ़ जाने की घटना याद आ गयी। वह उठ न सकी। एक गहरी टीस रत्ना के मन में उठी। सिन्हा के सीने पर सिर रख कर मर जाये...राजो को क्या हो गया? उसी ने यहाँ तक बढ़ाया। वह अपने एहसान में मेरी जान भी माँगे तो इनकार नहीं पर अब पीछे भी नहीं हट सकती। उसने बे मोल दिया था, अब वह मोल चाहती है तो मैं मोल में जान देने को तैयार हूँ।

रत्ना कल्पना से यथार्थ में लौट आई :—सिन्हा अभी आते ही होंगे। यहीं कहेंगे, हम दोनों कलकत्ते जा रहे हैं, अपना जीवन नये सिरे से आरम्भ करेंगे। चाहे हमें एक कोठरी में या पेड़ के नीचे ही क्यों न दिन काटने पड़ें। हम एक साथ होंगे, मन से और शरीर से। बाले मेरे लिए ही यह सब कर रहे हैं। घर-बार सब कुछ निछावर कर रहे हैं। मेरा क्या है? मैं मर भी जाऊँ तो कोई बात नहीं पर मैं बाले को यों बरबाद न होने दूँगी।

रत्ना को खयाल आया :—मैं बाले के लिए सब कुछ कर सकती हूँ तो क्या राजो नहीं करेगी? वह मुझसे बहुत ज्यादा कर सकती है। यदि बाले राज का दिल रख कर चलते तो यह मुसीबत क्यों आती? बाले ढंग से चलें तो राज अब भी मान जाएगी। मैं यदि मर जाऊँ तो बाले राज को छोड़ कर क्यों जाएँ? इस दुख में अभिमान सा उसे अनुभव हुआ, जैसे प्यार की जीत के गर्व में मृत्यु भी तुच्छ है। गर्व से उसने कहा :—मैं राज के पाँव पकड़कर कहूँगी, बाले तेरे हैं,...तेरे ही रहेंगे। तूने दया कर अपने राज में मुझे भिखारिन की जगह से उठाकर अपने पास बैठा लिया था। मैं क्या तुझे धक्का दे सकती हूँ? मैं फिर दूर हट जाऊँगी। मुझे केवल अपने राजा का दर्शन भर करा दिया कर। ...हाय पूरे पांच दिन हो गये बाले को देखे। यों मैं कैसे जिऊँगी?...आ बाले एक बार अपनी झलक दे! तू ही मेरे प्राणों का और मेरी इज्जत का मालिक है...।

वेटिंगरूम के दरवाजे की जाली से सिन्हा रेस्तोराँ की ओर जाता दिखायी दिया। वह रत्ना के लिए इधर-उधर देख रहा था। एक खुला पत्र और लिफाफा उसके हाथ में थमा था। रत्ना जनाने वेटिंगरूम से निकल आयी। सिन्हा के साथ एक कुली सूटकेस और होल्डाल उठाये था।

रत्ना के पाँव काँप गये। सचमुच मुझे ले जा रहे हैं। बड़ी कठिनाई से उसने अपने आपको सम्भाला। इसी समय स्टेशन को कँपाते हुए गाड़ी उसे ले जाने के लिए आकर खड़ी हो गयी।

सिन्हा रत्ना के समीप आ गया—"जरा रिफ्रैशमेंट रूम में चलो!" आवाज भारी थी। चेहरा भी कुछ गुमसुम।

सूने कमरे में एक मेज की ओर बढ़कर सिन्हा ने एक कुर्सी रत्ना के लिए खींच कर उसे बैठाया और स्वयं भी बैठ गया।

रत्ना धीमे, कातर स्वर में बोल उठी—"बाले, यह क्या कर रहे हो? मेरा कुछ नहीं पर अपना सोचो। मेरा तो अंत ही समझो…।"

रत्ना की बात काट कर सिन्हा कड़वे स्वर में बोला–"जानती हो, क्या किया है उसने?"

रत्ना प्रश्न भरी आँखों से चुप रह गयी।

"यह पढ़कर देखो!" सिन्हा ने अपने हाथ का पत्र रत्ना के सामने रख दिया। पत्र अच्छे कागज पर स्पष्ट अक्षरों में बहुत सम्हाल कर लिखा जान पड़ता था। बैरे ने आकर हुक्म माँगा।

"चाय" सिन्हा ने एक शब्द में उत्तर दे दिया।

रत्ना सनसनाते दिमाग से पत्र पढ़ती जा रही थी—

"मैं जानती हूँ तुम रत्ना को लेकर जा रहे हो। मैंने तुम्हारे संतोष के लिए उसे तुम्हारे पास पहुँचा दिया था लेकिन उसके बाद तुमने मेरी भावना की परवाह न की। तुम्हारा विचार है कि तुम उसके बिना नहीं रह सकते। इस विषय में अब कोई बात व्यर्थ है। सम्भव है तुम महीने या छः महीने बाद लौटकर आओ। उस समय तुम्हें मेरे और लाल के सम्बन्ध में कोई एतराज करने का हक नहीं होगा। छः वर्ष पहले तुमने मुझे प्रतिज्ञा करने के लिए मजबूर किया था कि मैं उसके सम्बन्ध में सोचूँगी भी नहीं। अब तुम खूब समझ सकते हो, यह बात कितनी

अस्वाभाविक थी। तुम रत्ना को लेकर जा रहे हो, मतलब साफ है कि तुम्हें मेरी बात मंजूर है। इसके बदले विश्वास दिलाती हूँ कि तुम्हें रत्ना को लेकर जाने की जरूरत नहीं। इससे उसका जीवन और परिवार नष्ट हो जाएगा। गुप्ता क्रोध में जाने क्या कर बैठे? मैं उसकी और तुम्हारी सहायता जैसे पहले करती थी, वैसे ही करने के लिए तैयार हूँ, बल्कि उससे भी ज्यादा। मैं पर्दा बन कर रहूँगी तो गुप्ता की मजाल नहीं कुछ बोल सके।

यदि तुमने लौटने पर मेरी किसी बात पर एतराज किया तो मैं एक घंटे के भीतर समाप्त हो जाऊँगी। इसमें कोई रुकावट नहीं डाल सकेगा। इससे भी मुझे दुख न होगा। इतना तो संतोष होगा कि महीने या छः महीने में असली जीवन पा लिया।

तुम्हारी भी

राज

पत्र पढ़ते हुए रत्ना को अनुभव हो रहा था कि तेज धार में बहती-बहती वह भँवर में फँस गयी है। पत्र समाप्त होते-होते उसे जान पड़ा कि भँवर ने उसे खूब झिझोड़ कर किनारे की ओर फेंक दिया है। आशा का सहारा पाकर रत्ना ने पूछा–"यह कब?"

"वह मुझे गाड़ी में स्टेशन पर छोड़ने आयी थी। मेरे गाड़ी से उतरने पर उसने यह लिफाफा देकर कहा—"इसे अभी पढ़ लो। इधर-उधर न गिर जाय।"

"लाल कौन है?" सहारा पा लेने के विश्वास में रत्ना ने धीमे से पूछा।

'है एक गुण्डा। तुम नहीं जानती उसे पर इस औरत का कमीनापन देखा!" सिन्हा की आँखें लाल हो गयीं, "मुझे डरा कर सौदा करना चाहती है। छः महीने का असली जीवन पाकर नहीं, उसे यों ही मरना होगा। न छः महीने भर का असली जीवन मिलेगा, न घण्टे भर में मौत। यों ही तड़पेगी। मैं देखूँगा कैसे तड़पती है।"

"बाले?" रत्ना ने सिन्हा की ओर झुककर ओठों से पुकारा, "यह क्या कह रहे हो? बनती बात क्यों बिगाड़ रहे हो। मेरे लिए⋯" रत्ना ने

अपनी आँखें सिन्हा की आँखों में टिकाकर भीख माँगी। यदि वे रेस्तोराँ में न होते तो वह उसके दोनों हाथ पकड़ उसके ओठों पर अपने ओठ रख देती।

"यह क्या कह रही हो तुम? अपनी औरत की इज्जत का सौदा करूँ?"

रत्ना को जान पड़ा कि लोहे का भारी डंडा सिर पर जोर से आ गिरा। वह सन्न रह गयी। आँखें मुँद गयीं और गर्दन झुक गयी। उसने दाँतों से अपने पतले होंठ काट लिए। हाथों की मुट्टियाँ कसी और उठ खड़ी हुई। सिन्हा की ओर देखे बिना वह दरवाजे की ओर चल दी।

बैरा चाय लेकर अभी तक आया नहीं था।

"रत्ना" सिन्हा ने पुकारा पर रत्ना ने सुना नहीं।

सिन्हा ने बाँह बढ़ा कर रोकना चाहा—"सुनो!"

"खबरदार मुझे छुआ!" रत्ना की आवाज धीमी थी पर बहुत कड़ी और आँखें पत्थर की तरह स्थिर।

रत्ना तेजी से स्टेशन से निकली और एक रिक्शा पर बैठ गयी। 'मोती पार्क' उसने कहा। मस्तिष्क में उसके बार-बार गूँज रहा था—'अपनी औरत' और वह दाँत पीस रही थी।

गली के सामने रिक्शा से उतरते ही याद आया, अपने घर का दरवाजा तो वह सदा के लिए छोड़ गयी थी। वह दरवाजा उसके लिए खुलेगा? लड़कियां और 'ये' क्या कहेंगे? उसकी केवल एक इच्छा थी : गुप्ता से कहे कि मुझे अपने पाँव से कुचल कर मार डालो!

रत्ना ने घर के किवाड़ों पर काँपता हुआ हाथ रखा। किवाड़ खुले थे। क्या सब लोग आ गये? उसका दिल डूब सा गया। भीतर आकर सामने कानस पर रखी घड़ी पर आँख पड़ी—ग्यारह बजकर सत्रह।

सोचा—नौकर सांकल लगाना भूल गया था। वह तख्त पर गिर सी पड़ी।

रत्ना केवल तीस मिनट घर से बाहर थी।

अखबार में नाम

जून का महीना था, दोपहर का समय और धूप कड़ी थी। ड्रिल मास्टर साहब ड्रिल करा रहे थे।

मास्टर साहब ने लड़कों को एक लाइन में खड़े होकर डबलमार्च करने का आर्डर दिया। लड़कों की लाइन ने मैदान का एक चक्कर पूरा कर दूसरा आरम्भ किया था कि अनन्तराम गिर पड़ा।

मास्टर साहब ने पुकारा—"हाल्ट!"

लड़के लाइन से बिखर गये।

मास्टर साहब और दो लड़कों ने मिलकर अनन्त को उठाया और बरामदे में ले गये। मास्टर साहब ने एक लड़के को दौड़कर पानी लाने का हुक्म दिया। दो-तीन लड़के स्कूल की कापियाँ लेकर अनन्त को हवा करने लगे। अनन्त के मुँह पर पानी के छींटे मारे गये उसे होश आते-आते हेडमास्टर साहब भी आ गये और अनन्तराम के सिर पर हाथ फेर कर, पुचकार कर उन्होंने तसल्ली दी।

स्कूल का चपरासी एक टाँगा ले आया। दो लड़कों के साथ ड्रिलमास्टर अनन्तराम को उसके घर पहुँचाने गये। स्कूल भर में

अनन्तराम के बेहोश हो जाने की खबर फैल गयी। स्कूल में सब उसे जान गये।

लड़कों के धूप में दौड़ते समय गुरदास लाइन में अनन्तराम से दो लड़कों के बाद था। यह घटना और कांड हो जाने के बाद वह सोचता रहा, अगर अनन्तराम की जगह वही बेहोश होकर गिर पड़ता, वैसे ही उसे चोट आ जाती तो कितना अच्छा होता? आह भर कर उसने सोचा, सब लोग उसे जान जाते और उसकी खातिर होती।

श्रेणी में भी गुरुदास की कुछ ऐसी ही हालत थी। गणित के मास्टर साहब सवाल लिखाकर बेंचों के बीच में घूमते हुए नजर डालते रहते थे कि कोई लड़का नकल या कोई दूसरी बेजा हरकत तो नहीं कर रहा। लड़कों के मन में यह होड़ चल रही होती कि सबसे पहले सवाल पूरा करके कौन खड़ा हो जाता है।

गुरुदास बड़े यत्न से अपना मस्तिष्क कापी में गड़ा देता। उँगलियों पर गुणा और योग करके उत्तर तक पहुँच ही रहा होता कि बनवारी सवाल पूरा करके खड़ा हो जाता। गुरुदास का उत्साह भंग हो जाता और दो-तीन पल की देर यों भी हो जाती। कभी-कभी सबसे पहले सवाल कर सकने की उलझन के कारण कहीं भूल भी हो जाती। मास्टर साहब शाबाश देते तो बनवारी और खन्ना को और डाँटते तो खलीक और महेश का ही नाम लेकर। महेश और खन्ना न केवल कभी सवाल पूरा करने की चिन्ता न करते बल्कि उसके लिए लज्जित भी न होते। नाम जब कभी लिया जाता तो बनवारी, खन्ना, खलीक और महेश का ही; गुरुदास बेचारे का कभी नहीं। ऐसी ही हालत व्याकरण और अंग्रेजी की क्लास में भी होती। कुछ लड़के पढ़ाई-लिखाई में बहुत तेज होने की प्रशंसा पाते और कोई डाँट-डपट के प्रति निर्द्वन्द्व होने के कारण बेंच पर खड़े कर दिये जाने से लोगों की नजर में चढ़कर नाम कमा लेते। गुरुदास बेचारा दोनों तरफ से बीच में रह जाता।

इतिहास में गुरदास की विशेष रुचि थी। शेरशाह सूरी और खिलजी की चढ़ाइयों और अकबर के शासन के वर्णन उसके मस्तिष्क में सचित्र होकर चक्कर काटते रहते, वैसे ही शिवाजी के अनेक किले जीतने के वर्णन भी। वह अपनी कल्पना में अपने आपको शिवाजी की तरह ऊँची,

नोकदार पगड़ी पहने, छोटी दाढ़ी रखे और वैसा ही चोगा पहने, तलवार लिए सेना के आगे घोड़े पर सरपट दौड़ता चला जाता देखता।

इतिहास को यों मनस्थ कर लेने या इतिहास में स्वयं समा जाने पर भी गुरदास को इन महत्वपूर्ण घटनाओं की तारीखें और सन याद न रहते थे क्योंकि गुरदास के काल्पनिक ऐतिहासिक चित्रों में तारीखों और सनों का कोई स्थान न था। परिणाम यह होता कि इतिहास की क्लास में भी गुरदास को शाबाश मिलने या उसका नाम पुकारा जाने का समय न आता। सबके सामने अपना नाम पुकारा जाता सुनने को गुरदास की महत्वाकांक्षा उसके छोटे से हृदय में इतिहास के अतीत के बोझ के नीचे दबकर सिसकती रह जाती। तिस पर इतिहास के मास्टर साहब का प्रायः कहते रहना कि दुनिया में लाखों लोग मर जाते हैं परन्तु जीवन वास्तव में उन्हीं लोगों का होता है जो मर कर भी अपना नाम जिन्दा छोड़ जाते हैं...। गुरदास के सिसकते हृदय को एक और चोट पहुँचा देता।

गुरदास अपने माता-पिता की सन्तानों में तीन बहिनों का अकेला भाई था। उसकी माँ उसे राजा बेटा कह कर पुकारती ही थी। पिता स्वयं रेलवे के दफ्तर में साधारण क्लर्की करते थे। कभी कह देते कि उनका पुत्र ही उनका और अपना नाम कर जाएगा।

ख्याति और नाम की कमाई के लिए इस प्रकार निरन्तर दी जाती रहने वाली उत्तेजनाओं के बावजूद गुरदास श्रेणी और समाज में अपने आपको किसी अनाज की बोरी के करोड़ों एक ही दानों में से एक साधारण दाने से अधिक अनुभव न कर पाता था। ऐसा दाना कि बोरी को उठाते समय गिर जाये तो कोई ध्यान नहीं देता। ऐसे समय उसकी नित्य कुचली जाती महत्वाकांक्षा चीख उठी कि बोरी के छेद से सड़क पर उसके गिर जाने की घटना ही ऐसी क्यों न हो जाय कि दुनिया जान ले कि वह वास्तव में कितना बड़ा आदमी है और उसका नाम मोटे अक्षरों में अखबारों में छप जाये। गुरदास कल्पना करने लगता कि वह मर गया है परन्तु अखबारों में मोटे अक्षरों में छपे अपने नाम को देखकर; मृत्यु के प्रति विद्रूप से मुस्करा रहा है; मृत्यु उसे समाप्त न कर सकी।

आयु बढ़ने के साथ-साथ गुरदास की नाम कमाने की महत्वाकांक्षा उग्र होती जा रही थी, परन्तु उस स्वप्न की पूर्ति की आशा उतनी ही दूर भागती जान पड़ रही थी। बहुत बड़ी-बड़ी कल्पनाओं के बावजूद वह

अपने पिता पर कृपा दृष्टि रखने वाले एक बड़े साहब की कृपा से दफ्तर में केवल क्लर्क ही बन पाया।

जिन दिनों गुरदास अपने मन को समझा कर यह संतोष दे रहा था कि उसके मुहल्ले के हजार से अधिक लोगों में से किसी का भी तो नाम कभी अखबार में नहीं छपा, तभी उसके मुहल्ले के एक निस्संतान लाला ने अपनी आयु भर का संचित गुप्तधन प्रकट करके अपने नाम से एक स्कूल स्थापित करने की घोषणा कर दी।

लाला जी का अखबार में केवल नाम ही प्रशंसा-सहित नहीं छपा, उनका चित्र भी छपा। गुरुदास आह भर कर रह गया। साथ ही अखबार में नाम छपवाकर, नाम कमाने की आशा की बुझती चिनगारियों पर राख की एक और तह पड़ गई। गुरुदास ने मन को समझाया कि इतना धन और यश तो केवल पूर्व जन्म के कर्मों का फल से ही पाया जा सकता है। इस जन्म में तो ऐसे अवसर और साधन की कोई आशा उस जैसों के लिए हो नहीं सकती थी।

उस साल बसन्त के आरम्भ में शहर में प्लेग फूट निकला था। दुर्भाग्य से गुरुदास के गरीब मुहल्ले में गलियाँ कच्ची और तंग होने के कारण, बीमारी का पहला शिकार, उसी मुहल्ले में दुलारे नाम का व्यक्ति हुआ।

मुहल्ले की गली के मुहाने पर रहमान साहब का मकान था। रहमान साहब ने आत्म-रक्षा और मुहल्ले की रक्षा के विचार से छूत की बीमारी के अस्पताल को फोन करके एम्बुलेंस गाड़ी मँगवा दी। बहुत लोग इकट्ठे हो गये। दुलारे को स्ट्रेचर पर उठाकर मोटर में रखा गया और अस्पताल पहुँचा दिया गया। म्युनिसिपैलिटी ने उसके घर की बहुत जोर से सफाई की। मुहल्ले के हर घर में दुलारे की चर्चा होती रही।

गुरदास संध्या समय थका-माँदा और झुँझलाया हुआ दफ्तर से लौट रहा था। भीड़ में से अखबार वाले ने पुकारा—"आज शाम का ताजा अखबार। नाहर मुहल्ले में प्लेग फूट निकला। आज की खबरें पढ़िए।"

अखबार में अपने मुहल्ले का नाम छपने की बात से गुरदास सिहर उठा। उसके मस्तिष्क में चमक गया...ओह, दुलारे की खबर छपी होगी। अखबार प्रायः वह नहीं खरीदता था परन्तु अपने मुहल्ले की खबर छपी होने के कारण उसने चार पैसे खर्च कर अखबार ले लिया। सचमुच

दुलारे की खबर पहले पृष्ठ पर ही थी। लिखा था—"बीमारी की रोक-थाम के लिए सावधान।' और फिर दुलारे का नाम और उसकी खबर ही नहीं, स्ट्रेचर पर लेटे हुए, घबराहट में मुँह खोले हुए दुलारे की तस्वीर भी थी।

गुरदास ने पढ़ा कि बीमारी का इलाज देर से आरम्भ होने के कारण दुलारे की अवस्था चिंताजनक है। पढ़कर दुःख हुआ। फिर खयाल आया—इस आदमी का नाम अखबार में छप जाने की क्या आशा थी? पर छप ही गया। अपना-अपना भाग्य है, एक गहरी साँस लेकर गुरदास ने सोचा। दुलारे की अवस्था चिंताजनक होने की बात से दुख भी हुआ। फिर खयाल आया.....देखो, मरते-मरते नाम कर ही गया। मरते तो सभी हैं पर यह बीमारी की मौत फिर भी अच्छी! खयाल आया, कहीं बीमारी मुझे भी न हो जाये। भय तो लगा पर यह भी खयाल आया कि नाम तो जिसका छपना था, छप गया। अब सबका नाम थोड़ी ही छप सकता है। खैर, दुलारे अगर बच न पाया तो अखबार में नाम छप जाने का फायदा उसे क्या हुआ? मजा तो तब है कि बेचारा बच जाय और अपनी तस्वीर वाले अखबार को अपनी कोठरी में लटका ले...!

गुरदास को होश आया तो उसने सुना—"इधर से सम्भालो! उधर से उठाओ!" कूल्हे में बहुत जोर से दरद हो रहा था। वह स्वयं उठ न पा रहा था। लोग उसे उठा रहे थे।

हाय! हाय माँ!" उसकी चीखें निकली जा रही थी। लोगों ने उठाकर उसे मोटर में डाल दिया।

अस्पताल पहुँच कर उसे समझ में आया कि वह बाजार में एक मोटर के धक्के से गिर पड़ा था। मोटर के मालिक एक शरीफ वकील साहब थे। उस घटना के लिए बहुत दुख प्रकट कर रहे थे। एक बच्चे को बचाने के प्रयत्न में मोटर को एक तरफ जल्दी से मोड़ना पड़ा। उन्होंने बहुत जोर से हार्न भी बजाया और ब्रेक भी लगाया पर ये आदमी चलता-चलता अखबार पढ़ने में इतना मगन था कि उसने सुना ही नहीं।

गुरदास कूल्हे और घुटने की दरद के मारे कराह रहा था। कुछ सोचना समझना उसके बस की बात ही न थी।

डॉक्टर ने गुरदास को नींद आने की दवाई दे दी। वह भयंकर दरद से बच कर सो गया। रात में जब नींद टूटी तो दरद फिर होने लगा और साथ ही खयाल भी आया कि अब शायद अखबार में उसका नाम छप ही जाये। दरद में भी एक उत्साह सा अनुभव हुआ और दरद भी कम मालूम होने लगा। कल्पना में गुरदास को अखबार के पन्ने पर अपना नाम छपा दिखाई देने लगा।

सुबह जब अस्पताल की नर्स गुरदास के हाथ-मुँह धुला कर उसका बिस्तर ठीक कर रही थी, मोटर के मालिक वकील साहब उसका हाल-चाल पूछने आ गये।

वकील साहब एक स्टूल खींचकर गुरदास के लोहे के पलंग के पास बैठ गये और समझाने लगे—"देखो भाई, ड्राइवर बेचारे की कोई गलती नहीं थी। उसने तो इतने जोर से ब्रेक लगाया कि मोटर को भी नुकसान पहुँच गया। उस बेचारे को सजा हो भी जाएगी तो तुम्हारा भला हो जाएगा। तुम्हारी चोट के लिए बहुत अफसोस है। हम तुम्हारे लिए दो-चार सौ रुपये का भी प्रबन्ध कर देंगे। कचहरी में तो मामला पेश होगा ही, जैसे हम कहें, तुम बयान दे देना; समझे…!

गुरदास वकील साहब की बात सुन रहा था पर ध्यान उसका वकील साहब के हाथ में गोल-गोल लिपटे अखबार की ओर ही था। रह न सका तो पूछ बैठा—"वकील साहब, अखबार में हमारा नाम छपा है? हमारा नाम गुरदास है। मकान नाहर मुहल्ले में है।"

वकील साहब की सहानुभूति में झुकी आँखें सहसा पूरी खुल गयी—"अखबार में नाम?" उन्होंने पूछा, "चाहते हो? छपवा दें!"

"हाँ साहब, अखबार में तो जरूर छपना चाहिए" आग्रह और विनय से गुरदास बोला।

"अच्छा, एक कागज पर नाम–पता लिख दो।" वकील साहब ने कलम और एक कागज गुरदास की ओर बढ़ाते हुए कहा, "अभी नहीं छपा तो कचहरी में मामला पेश होने के दिन छप जाएगा, ऐसी क्या बात है।"

गुरदास को लँगड़ाते हुए ही कचहरी जाना पड़ा। वकील साहब की टेढ़ी जिरह का उत्तर देना सहल न था आरम्भ में ही उन्होंने पूछा—"तुम अखबार में नाम छपवाना चाहते थे?"

"जी हाँ।" गुरदास को स्वीकार करना पड़ा।

"तुम्हें उम्मीद थी कि मोटर के नीचे दब जाने वाले आदमी का नाम अखबार में छप जायगा?" वकील साहब ने फिर प्रश्न किया।

"जी हाँ" गुरदास कुछ झिझका पर उसने स्वीकार कर लिया।

अगले दिन अखबार में छपा–

"मोटर दुर्घटना में आहत गुरदास को अदालत ने हर्जाना दिलाने से इनकार कर दिया। आहत के बयान से साबित हुआ कि अखबार में नाम छपाने के लिए ही वह जान-बूझ कर मोटर के सामने आ गया था···।"

गुरदास ने अखबार से अपना मुँह ढाँप लिया, किसी को अपना मुँह कैसे दिखाता।

●

असली चित्र

हमारे ड्राइंग रूप में रेडियो सेट के ऊपर जो चित्र रक्खा है उसके बारे में कितनी ही बार कितने ही प्रश्न पूछे गये हैं—वह चित्र किसका है, किसने बनाया है, कापी है या 'माडल' से बनाया गया है? इस चित्र का प्रसंग आने पर कुछ कहते नहीं बनता। लिख डालना शायद उतना कठिन न होगा।

फौजी आदमियों के सम्बन्ध में साधारणतः मेरी भी वही धारणा है जो दूसरे भले आदमियों की होती है—जहाँ तक सम्भव हो, मुँह न लगाना। यह भी ठीक है कि सभी नियमों और धारणाओं में कभी न कभी अपवाद का अवसर आ ही जाता है। तिस पर कैप्टन लुम्बा श्रीमती जी का भाई है। इस रिश्ते से सौजन्यता का कर्त्तव्य निबाहते-निबाहते एक सद्भावना उसके प्रति, वास्तव में उसके व्यवहार के कारण ही बन गयी थी। सद्भावना भी ऐसी कि दूसरे लोगों के वैसे व्यवहार से नाराज हो जाने का काफी कारण जान पड़े। लुम्बा से नाराज न होने के लिए

बहाना मिल जाता था। कुछ तो उसका रूप-रंग ही ऐसा है; साधारण से ऊँचा सिर निकलता कद, चौड़ा सीना, पतली कमर, खूब साफ गेहुएँ चेहरे पर घनी-घनी काली भवों के नीचे बड़ी-बड़ी आँखें, जरा पुष्ठ होंठों पर दबी हुई-सी मुस्कराहट। सेना में जाने से वह कैसे अफसराना ढंग से निबाहता होगा? घर में तो वह बिलकुल घरेलू आदमी ही बना रहता है।

लुम्बा अपनी रेजीमेंट का बहुत अच्छा खिलाड़ी (ऐथेलीट) भी है। रेजीमेंट के सम्मान के लिए अच्छे खिलाड़ियों को प्रोत्साहन देना आवश्यक होता है। इस बहाने लुम्बा वर्ष में एक महीने की छुट्टी और सैर भी रेजीमेंट के खर्च पर कर लेता है। वह लखनऊ छावनी में क्रिकेट का सैनिक टूर्नमिंट खेलने आया था। बहिन के अनुरोध से अफसरों के मैस में न रह कर हमारे यहाँ ही रहा। कप्तान बनने से पहले भी वह कितनी बार यहाँ ठहर चुका था। कप्तान बन जाने के बाद भी उसके व्यवहार में कोई अन्तर नहीं आया।

स्टेशन से आते ही, नौकर अभी उसका सामान गाड़ी से उतार ही रहा था, वह टेलीफोन की ओर बढ़ गया। मैच से पहले टेस्ट और दूसरी बातों के लिए उसे किस समय छावनी जाना चाहिए, यही पूछ लेना चाहता था।

मिलिटरी-एक्सचेंज मांग कर उसने कहा–''मैं कैप्टन लुम्बा बोल रहा हूँ। राँची से अभी आया हूँ। मेजर हुण्डू से बात करना चाहता हूँ।''

टेलीफोन पर जो उत्तर मिला उसका प्रभाव लुम्बा के चेहरे और स्वर में तत्क्षण दिखाई दिया—''यह तो आपकी बहुत मेहरबानी है।'' उसने कहा और सुनने के लिए जरा रुके।

''जी

थिरी सेवन फाइव टू।

जी,

हाँ;

जी, जब मेजर हुण्डू ट्रंककाल खत्म कर चुकें, आप उनसे बात करा दीजिएगा। बहुत-बहुत धन्यवाद।''

फोन का रिसीवर रखते हुए लुम्बा ने मुस्कराकर कहा—''मिलिटरी एक्सचेंज पर यह कोई बहुत भली लड़की है, बेरी ओबलाइजिंग। बेरी ब्यूटीफुल वायस, ब्युटीफुल एण्ड ड्यूटीफुल।''

मुस्कराते हुए खट्ट-खट्ट लम्बे-लम्बे कदमों से कमरे से निकल, एक बार में दो-दो सीढ़ियाँ लाँघता वह जीने से ऊपर जा पहुँचा। ऊपर से उसकी पुकार सुनायी दी—"बहिन जी, कहाँ छिपी हुई हैं आप?"

हमारे पड़ोसी रामधनजी फोन करने के लिए आये थे और लम्बी बात करने लगे। उनकी आत्मीयता दिखाने की आदत है। अखबार पढ़ना भी असम्भव हो गया। उस समय ऊपर से लुम्बा और नन्दी, मामा-भानजी में झगड़ा आरम्भ हो जाने की आवाजें आने लगी थीं।

नन्दी का छोटा भाई मक्कू चिल्लाकर शिकायत कर रहा था—"मामाजी, हमारे लिए बन्दूक लाये? आपने कहा था, अबकी आएँगे तो बन्दूक लाएँगे।"

सोचा, रामधनजी को बात करते-करते बाहर छोड़ आऊँ तभी मुक्ति मिल सकेगी। दरवाजे से बाहर निकल ही रहा था कि टेलीफोन की घण्टी फिर बज उठी। श्रीमती जी ऊपर से आ गयी थीं इसलिए टेलीफोन सुन लेने का संकेत कर बाहर चला गया।

बाहर भी रामधनजी ने चार-पाँच मिनट लगा ही दिये। जब लौटा तो श्रीमती जी हँसी से लोट-पोट होती हुई लुम्बा से कह रही थीं—"भई यह तेरी दोस्त मिस नाथ भी खूब हैं।"

सामने खड़े लुम्बा ने पेटी में दोनों हाथों के अँगूठे फँसाते हुए प्रश्न किया—"मिस नाथ? मिस नाथ कौन?"

"यह मिलिटरी एक्सचेंज," वे हँसती हुई सुनाने लगीं, "मैंने टेलीफोन उठाया तो सुना—आपके यहाँ से कुछ देर पहले कैप्टन लुम्बा ने फोन किया था। अंग्रेजी में तो कहते ही हैं–डू यू वान्ट कैप्टन लुम्बा? मैंने हिन्दी में पूछ लिया आप कैप्टन लुम्बा को चाहती हैं?

"चुड़ैल ने जवाब दिया—हाय राम बहनजी, आप कैसी बातें करती हैं! आपका चाँद जैसा भाई आपको मुबारक। अभी तो मुलाकात भी नहीं हुई। चाहने की कौन बात! वे तो आज सुबह ही आये हैं····आँख भर न देखा था, होने लगी न रुसवाई। कैप्टन लुम्बा मेजर हुण्डू से बात करना चाहते थे। अब मेजर का नम्बर खाली है।" श्रीमती जी कहती गयीं, "मुझे उसकी बातें अच्छी लगीं। आवाज कितनी मीठी है! मैंने पूछा—आपका नाम क्या है? तो कहती है कि क्या इतनी नाराज हो गयीं कि नाम लेकर डांटेंगी भी। मैंने कहा—नहीं, आपको बातें और

आवाज अच्छी लगी। मैं अपना नाम पहले बता देती हूँ; मैं कैप्टन लुम्बा की बहिन हूँ। उसने बताया कि मुझे मिस नाथ कहते हैं।

"मैंने पूछा आप क्या मद्रास की रहने वाली हैं? मुझे नाम कुछ मद्रासी सा लगा। पंजाबी में बोलने लगी कि क्या मैं इतनी खराब हिन्दी बोलती हूँ जी! मैंने उससे मिलने आने के लिए कहा है। भई, बड़ी शरीर है तुम्हारी मिस नाथ, पर आवाज मीठी है। उसे मिलने के लिए एक दिन जरूर बुलाना।"

लुम्बा ने मुस्कराते हुए फोन उठाकर मिलिटरी-एक्सचेंज माँगा और पूछा–"मिस नाथ हैं?"

"जी मैं लुम्बा हूँ।"

...

"मेजर हुण्डू से फिर बात हो जाएगी। पहले बताइएँ कि आपने बहिन जी पर एकदम क्या जादू कर दिया है?"

...

लुम्बा ने जोर से हंसकर कहा—"कह रही हैं, मिस नाथ को जरूर बुलाओ। मिलना चाहती हैं।"

...

"मैं तो कई दिन रहूँगा।"

...

"जी, टूर्नमिंट खेलने आया हूँ।"

...

"आज शाम? कितने बजे!"

...

"छः बजे? दैड्स गुड।"

...

"यही स्टेशन रोड पर बी० बटा सात।"

...

"दैड्स गुड। हाँ, अब मेजर हुण्डू का नम्बर मिला दीजिए।"

मेजर हुण्डू से बात समाप्त कर लुम्बा ने कहा—"मिस नाथ कह रही थी कि आप सब लोग बड़े शक्की हैं। एक दूसरे पर बहुत चौकसी रखते

हैं। बहिन कहती हैं कि मेरे भाई से क्यों बात करती हो और भाई कहता है कि बहिन पर जादू कर दिया। आज शाम छः बजे के बाद आएगी। मैंने जगह बता दी है···बहुत तेज मजाक करती है।···आवाज कितनी साफ है?"

संध्या जब मैं दफ्तर से लौटा तो श्रीमती जी और लुम्बा चाय बनवा कर मिस नाथ की प्रतीक्षा कर रहे थे। दोनों से जैसी बातें सुनी थीं, स्वयं मुझे भी कौतूहल था कि मिस नाथ से मिला जाये। छः क्या सात भी बज गये पर वह आयी नहीं।

लुम्बा ने कहा–"समय देकर न आना भी बहुत बुरी बात है।"

श्रीमती जी ने सफाई दी—"क्या पता, कोई मजबूरी हो गयी हो, नहीं आ सकी।"

प्रतीक्षा छोड़ हम लोगों ने चाय पी डाली।

चाय के बाद नन्दी और मक्कू के बार-बार कहने पर भी लुम्बा उन्हें आइसक्रीम खिलाने हजरतगंज नहीं ले गया। वह एक पत्रिका के पन्ने पलटने लगा। यह बात कुछ असाधारण थी। किसी पुस्तक, कहानी या लेख की कितनी ही प्रशंसा क्यों न की जाय, लुम्बा को पढ़ने के लिए विवश नहीं किया जा सकता। पत्रिकाओं को वह चित्र देखने भर के लिए उठाता है। चित्रों को काफी देर तक देखकर उन पर अपना मत प्रकट कर पत्रिका को पटक देता है।

पढ़ने में रुचि न होने का अर्थ नहीं कि लुम्बा ठेठ मिलिटरी जवान है। तीन बरस तक मिलिटरी में अफसर रह चुकने के बाद भी वह रम नहीं पीता। उसे चाय और काफी भी अच्छी नहीं लगती। अभी तक बच्चों की तरह लैमनड्राप खाता है। गप्प-बाजी में उसे कोई उत्साह नहीं। कोई काम न रहने पर रेडियो को खोलकर उसमें आ गई कोई खराबी सुधारता रहेगा या चाबीदार खिलौनों की मरम्मत कर देगा या कोई नयी चीज नन्दी और मक्कू के लिए बनाने लगेगा। नन्दी और मक्कू से वह कैरम खेलकर भी समय बिता सकता है। पतंग भी उड़ा सकता है या बच्चों से कुश्ती लड़ता रहेगा। हाँ, चित्र बनाने का उसे शौक है, हर बार वह नया कलर बाक्स लाता है। फर्श के कालीन पर पट लेट कर वह चित्र बनाता रहेगा। बच्चे भी पास बैठे देखते रहेंगे। अपने बनाये चित्र वह उन्हें ही दे जाता है।

दूसरे दिन छावनी जाने से पहले लुम्बा ने मिलिटरी-एक्सचेंज में मिस नाथ को फोन किया—वादे पर न आने की बात पर विस्मय और शिकायत प्रकट की। हम लोगों को बताया कि छुट्टी के बाद मिस नाथ को दूसरी लड़की की जगह ड्यूटी देनी पड़ गयी थी इसलिए वह न आ सकी। उसे अभी दो-तीन रोज ओवरटाइम देना पड़ेगा। उसके बाद आएगी।

कुछ दिन बाद लुम्बा ने मिस नाथ को फोन करके चाय पर आने का वादा याद दिलाया।

मिस नाथ ने उत्तर दिया कि उसकी ड्यूटी छः बजे समाप्त होती है। तब चाय का समय नहीं होता।

लुम्बा ने कहा कि वह सिनेमा का समय होता है। उसने मिस नाथ को सिनेमा साथ देखने का निमंत्रण दिया और आश्वासन पाया कि वह छः बज कर पचीस मिनट पर 'मेफेयर' में आ जाएगी।

सिनेमा साढ़े छः पर आरम्भ होकर लगभग साढ़े आठ बजे समाप्त होता है। लुम्बा आठ ही बजे लौट आया तो श्रीमती जी ने पूछा—"अरे सिनेमा नहीं गये?"

लुम्बा ने नकार की मुद्रा में हाथ हिला दिया।

"क्यों? और वह मिस नाथ कहाँ हैं?...नहीं आयीं?"

फिर नकार की मुद्रा में हाथ हिलाकर लुम्बा ने उत्तर दिया—"उसने छः बजकर पचीस पर आने को कहा था। मैं छः पैंतालीस तक देखता रहा। पन्द्रह मिनट तक फिल्म का पहला भाग निकल चुका था। सोचा, अब क्या जाऊँ। ऐसे ही घूमता हुआ लौट आया।"

लुम्बा उस दिन फिर आरामकुर्सी पर पसर कर पाँव हिलाते हुए गुनगुनाते-गुनगुनाते बिना चित्रों की पत्रिका के पन्ने पलटता रहा।

अगले दिन छावनी की ओर चलने से पहले ही लुम्बा ने फिर मिस नाथ को फोन किया। उसके स्वर में उलाहना और झुँझलाहट थी।

"तो फिर वादा क्यों किया था?"

...

"आप सहेली को भी साथ ले आतीं।"

...

"क्या एतवार ?"

...

"दो बार तो वादा टूट चुका।"

...

"परसों?" ....अच्छा, अगर देर भी हो जाएगी तो मैं इन्तजार करूँगा।"

उस संध्या वह छावनी से कुछ देर से लौटा था। झटपट कपड़े बदल कर 'मेफेयर' चला गया। वह सिनेमा समाप्त होने के बाद लौटा। हम लोग भोजन के लिए उसकी प्रतीक्षा कर रहे थे।

भोजन के समय श्रीमती जी ने पूछा–"तो भई आज मुलाकात हो गयी न?"

"कैसी लगी?"

लुम्बा ने खाते हुए इनकार में हाथ हिला दिया।

"क्या?" श्रीमती जी ने विस्मय प्रकट किया।

"आज भी नहीं आयी। हमने कहा, जाये जहन्नुम में। हम तो सिनेमा देखें।" लुम्बा ने उत्तर दिया।

"वह भी क्या तमाशा है!" श्रीमती जी ने विस्मय प्रकट किया, "तो वादा क्यों करती है? नहीं आना चाहती तो कह देती।"

थाली पर झुके लुम्बा ने इनकार में हाथ हिला दिया।

"अच्छा मैं बात करूँगी उस चुड़ैल से कल। बात तो वह ऐसे करती है अपनेपन से कि बस पूछो नहीं।"

अगले दिन श्रीमती जी ने मिस नाथ से जवाब तलब किया–"यह आखिर बात क्या है? वायदे करना और आना नहीं।"

"बहिन जी, कुछ ऐसी ही बात हो जाती है कि आ नहीं पाती। आपके भाई साहब तो बहुत नाराज हैं न!" मिस नाथ ने बहुत ही आत्मीयता और विनय से बात की जैसे अपनी विवशता के लिए क्षमा सी माँग रही हो।

श्रीमती जी ने उत्तर दिया–"भाई नाराजगी की बात तो जरूर है, पर वह नाराज नहीं है। वह नाराज होना तो जानता ही नहीं।"

"नहीं जी।" मिस नाथ ने अपनी गलती स्वीकार की, "मुझसे जरूर नाराज हैं। मेरा काम ही ऐसा था।"

"नहीं-नहीं! लो, वह खुद ही बात करेगा।" लुम्बा पास ही खड़ा था। श्रीमती जी ने फोन लुम्बा के हाथ में दे दिया।

फोन कर चुकने के बाद लुम्बा ने हँसते हुए बात सुनायी—"कहती है, तुम नाराज क्यों नहीं हो? नाराज नहीं हो तो फिर आने का फायदा क्या? न आने से नाराज नहीं हो तो आने से नाराज हो जाओगे और फिर कभी आने के लिए नहीं कहोगे। मैं बड़ी 'अगली' और बदसूरत हूँ, तारकोल के पीपे की तरह काली और मोटी। आप देखकर डर जाएँगे।

बिना देखे बातचीत की दोस्ती अच्छी; आने को कहते तो हो।"

मिस नाथ की बात पर हँसकर लुम्बा ने आग्रह किया—"हम लोग मिलना चाहते हैं तो एक बार आने में हर्ज क्या है?"

मिस नाथ ने आश्वासन दिया कि वह आएगी पर तीन-चार दिन बाद। किसी दिन आप ही फोन करके समय बता देगी।

श्रीमती जी ने समझाया—"वह मजाक करती है कि तुम देखो तो हैरान रह जाओ। कभी ऐसा भी हो सकता है? आदमी के स्वर और बोलने के ढंग से क्या उसके रूप-रंग का अनुमान नहीं हो सकता?"

मिस नाथ फिर भी नहीं आयी।

मिस नाथ तो नहीं आयी परन्तु हम लोग प्रायः ही लुम्बा से मजाक करते रहते कि वह लड़की की आवाज सुनकर ही मोहित हो गया पर लड़की ने उसकी परवाह ही नहीं की। बच्चे भी समझे या बिना समझे हम लोगों से सुनकर मजाक में भाग लेने का यत्न करते। लुम्बा मुस्कराकर टाल जाता।

एक दिन श्रीमती जी ने मुझे अलग से कहा—"जाने दो, यह मजाक न किया करो। शायद वह बुरा मान जाता हो। देखा नहीं, कभी-कभी बड़ा सीरियस हो जाता है।" परन्तु बच्चों ने मजाक शुरू कर दिया था। उन्हें रोकना मुश्किल हो गया।

खाने की मेज पर आते ही नन्दी कहे बिना न मानती—"ओहो, मामाजी उदास हैं। भई उदास न हो जी, मिस नाथ को बुला देंगे।" उस

समय लुम्बा के सामने लड़की को डांटना भी उचित न होता कि कहीं बात सचमुच ही गम्भीर न बन जाय।

टूर्नामेंट के अन्त में फाइनल मैच भी लखनऊ छावनी में ही होने वाला था। पूना से टीम के आने की प्रतीक्षा थी। लुम्बा छावनी नहीं जा रहा था। कभी जाता भी तो घण्टे भर में लौट आता। प्रायः ड्राइंग रूम में आरामकुर्सी पर पसरा रहता। यह स्पष्ट जान पड़ रहा था कि उसका मन नहीं लग रहा।

एक दिन संध्या मेरे दफ्तर से लौटते ही नन्दी और मक्कू ने कूद-कूद कर और चिल्ला-चिलाकर घोषणा की—मामा जी ने मामी जी का चित्र बनाया है। अम्मा जी कह रही हैं बड़ा ही सुन्दर है और मुझे हाथ पकड़ कर ड्राइंग रूम में ले गये।

लुम्बा कालीन पर लेटा था। सिनेमा पत्रिकाओं के तीन चित्र निकाल कर सामने रखे हुए थे। पुराने यूरोपियन कलाकारों के चित्रों का एक संग्रह भी सामने पड़ा था। इन सब चित्रों में से जाने क्या-क्या और कौन सा अंश लेकर उसने एक युवती के चेहरे का पार्श्व चित्र छाया में (प्रोफाइल सिलुयट) बनाया था। कुछ उठी हुई सुघड़ ठोड़ी, भवों के बीच के दबाव से उठा हुआ सुन्दर माथा, बिखरी उड़ती-उड़ती सी लटें, लम्बी पलकें, तीखी नाक और हँसी को रोकने की चेष्टा में उठे हुए कल्ले, सजीव चुलबुलापन, बुद्धि का प्रकाश। खरादी हुई लम्बी गर्दन से अनुमान होता था युवती का शरीर तलवार के समान सुता हुआ और छरहरा होगा। चित्र बहुत ही अच्छा लग रहा था। लुम्बा उसमें इतना तन्मय था कि मेरे आने की ओर भी उसने ध्यान नहीं दिया और कूची और स्याही लिए किसी न्यूनता को पूरा करता रहा।

श्रीमती जी यह चित्र बनाते हुए उसे दो बार देख गयी थीं और विघ्न न डालने के लिए चुप थीं।

चित्र पूरा हो जाने पर लुम्बा ने पूछा—"कैसा बना है?"

चित्र तो बहुत अच्छा बना ही था। मैं बहुत से चित्रों को ध्यान से देखकर भाँपने का यत्न कर रहा था कि यह किस चित्र की नकल समझी जा सकती है पर भाँप न पाया।

श्रीमती जी ने मुस्कराकर लुम्बा से पूछा—"सच बता? तूने किसका चित्र बनाया है?"

"जिसका समझ लो!" लुम्बा ने उत्तर दिया।

"तो फिर इस पर लिख दें मिस नाथ" श्रीमती जी बोलीं।

"आल राइट, जैसा कहें।" लुम्बा ने उत्तर दिया, "वह कौन यहाँ आकर देखेगी और नाराज होगी। एण्ड आई केयर ए डैम फार इट।"

लुम्बा ने स्याही भरी कूची ले चित्र के नीचे बचे कागज पर लहरियादार बड़े-बड़े अक्षरों में लिख दिया, 'मिस नाथ।' श्रीमती जी ने चित्र को रेडियो पर रख दिया। वह जगह ही ऐसी है कि कमरे में आते ही वहाँ नजर पड़ती है। रेडियो की बगल में ही बड़ा सोफा है जहाँ हम मेहमानों को प्रायः बैठाते हैं।

लुम्बा तो टूर्नामिंट समाप्त होने पर राँची लौट गया पर उसका बनाया हुआ चित्र यहीं रहा।

लुम्बा को राँची लौटे दो महीने बीते होंगे कि एक दिन दोपहर बाद श्रीमती जी ने मुझे दफ्तर में फोन किया कि मैं सवा छः बजे तक जरूर आ जाऊँ। उन्हें मिस नाथ ने फोन किया था कि उसकी बदली जालंधर छावनी में हो गयी है। हम लोगों से मिलने आने का वादा पूरा करने वह सवा छः बजे आएगी।

मैं अभी बरामदे में ही पहुँचा था कि महिला से भरी हुई एक रिक्शा आ पहुँची। मैं महिला के शरीर और रूप के प्रभाव से शिष्टाचार के नाते 'आइए' भी न कह पाया था कि उन्होंने रिक्शा से उतर कर मेरा नाम ले प्रश्न किया कि क्या यही रहते हैं? वह श्रीमती जी से मिलने आयी है और उन्हें मिस नाथ कहते हैं?

स्वागत-शिष्टाचार में रह गयी अपनी चूक की झेंप से मैंने जाली के स्प्रिंगदार दरवाजे खींचकर हाथ के संकेत से प्रवेश के लिए अनुरोध किया। मस्तिष्क में कौंद गया—'तारकोल के पीपे सी...'

"पूरा ही दरवाजा खोलना होगा।" मिस नाथ ने मुस्कराकर कहा और दूसरे किवाड़ को भी खोलकर भीतर हो गया। उसे ड्राइंग रूम में ले जाकर रेडियो के समीप बड़े सोफे पर बिराजने का अनुरोध किया। सूचना पाकर श्रीमती जी भी आ गयी। ठंडक के लिए पर्दों के कारण ड्राइंग रूम में अँधेरा रहता ही है। कमरे में आते ही श्रीमती जी ने बड़ी बत्ती और रेडियो के ऊपर लगी बत्ती को भी जला दिया। यत्न से की

गयी ड्राइंग रूम की सजावट अतिथियों को दिखाने में सभी को सन्तोष होता है।

श्रीमती जी का इन्तजाम चुस्त रहता है। उन्होंने कुछ मिठाई और नमकीन मँगाकर रख लिया था। चाय भी बिना विलम्ब आ गयी पर रेडियो पर से मिस नाथ का काल्पनिक चित्र हटा लेने का ध्यान किसी को नहीं आया था।

रेडियो सेट पर बत्ती जलते ही मिस नाथ की आँख बरबस उस चित्र पर जा पड़ी। उस पर बनी मोटी लिखावट आँख में गड़े बिना कैसे रह सकती थी।

मिस नाथ कुछ क्षण देखती रह गयी।

श्रीमती जी की इस चूक पर बहुत क्रोध आ रहा था। उनकी ओर दृष्टि जाने पर देखा कि वे भी अपनी भूल के लिए अनुताप से मरी जा रही थीं पर अब क्या हो सकता था।

चित्र से नजर हटाकर मिस नाथ हम लोगों की ओर देखकर मुस्कराने या यत्न कर बोलीं–"मैंने ठीक ही कहा था न? ···मेरे मिलने न आने से ही अधिक अच्छा होता। कैप्टन तो तभी राँची लौट गये थे न···ऐसा कई बार हो चुका है।"

श्रीमती जी ने अपने हृदय की पूरी सहृदयता और सच्चाई बटोर कर विश्वास दिलाया—"वाह, क्यों हम लोगों को तो आपसे मिलकर बहुत ही संतोष हुआ है। आप तो जा रही हैं नहीं तो मैं बार-बार आपके यहाँ जाती और आपको भी यहाँ आना पड़ता।"

छोटी मेज पर पड़ी चाय और मिठाई ध्यान पाने की प्रतीक्षा कर रही थी। हम दोनों ने उसके लिए बहुत आग्रह किया पर मिस नाथ ने एक बार जो कहा कि चाय पीकर ही चली थी और शाम को वह कुछ नहीं खाती तो किसी चीज को हाथ न लगाया।

श्रीमती जी ने कुछ फल भी मँगाकर और काटकर रखे पर स्पष्ट था कि मुँह खोल सकना मिस नाथ के बस की बात न थी।

प्यालों में भरी चाय भाप छोड़-छोड़कर ठंडी हो रही थी। मिस नाथ के हृदय में जो भाप उठ रही थी उसके लिए आँखों और होंठों पर लगी संयम की मोहरें राह बन्द किये थीं इसलिए ठंडा पसीना आ रहा था।

कुछ ही मिनट में मिस नाथ उठ खड़ी हुई। उन्हें उसी शाम कुछ और लोगों से भी मुलाकात कर लेना जरूरी था। उन्हें सड़क तक पहुंचा कर लौटते ही वह चित्र रेडियो पर से उठा लिया। फेंक देने के लिए फाड़ना ही चाहता था कि श्रीमती जी ने मेरे हाथ पकड़ लिए—"न–न।"

मैं अवाक् उनकी ओर देखता रहा।

"फाड़ो मत!" उन्होंने कहा, "अब वह यहाँ फिर कभी नहीं आएगी और असल में तो यही उसका, उसके मन और व्यवहार का असली चित्र है....दिखाई चाहे वह जैसी देती हो!"

●

कम्बलदान

मिसेज बलूरिया सुबह का काम जल्दी निबटा देने का यत्न कर रही थीं।

उन्होंने आया से कह दिया कि बेबी को जल्दी तैयार कर दो। बेबी ने नाश्ता कर लिया तो उसे खेलने के लिए आया के साथ पार्क में भेज दिया। अब वह मिस्टर बलूरिया की प्रतीक्षा कर रही थी।

मि० बलूरिया ढीले-ढाले ढंग के आहिस्ता-आहिस्ता हाथ-पाँव चलाने वाले आदमी हैं। सुबह तैयार होने में उन्हें काफी समय लग जाता है। मिसेज बलूरिया पति को नाश्ता कराये बिना अर्थात नाश्ते के समय मेज पर उनके साथ बैठे बिना बाहर कैसे जायें? मन में खुदबुद लग रही थी। पिछली संध्या उन्होंने टायपिस्ट लीला को एक नये ढंग का ब्लाउज पहने देखा था। सभी की नजर उसकी ओर उठ रही थी। लीला ने कहा था ····सुबह नौ बजे आ जाओ तो दफ्तर जाते समय रास्ते में दूकान बता दूँगी पर साहब अभी कपड़े ही पहन नहीं पाये थे।

नौकर ने कमरे में झाँक खबर दी—"कोई बाई लोग आया है।"

मिसेज बलूरिया ने बाहर आकर देखा बालिका पाठशाला की अध्यापिकाएँ थीं। चन्दा मागेंगी और क्या? मिसेज बलूरिया को बुरा सा लगा।

मिसेज बलूरिया का अनुमान ठीक ही था। अध्यापिकाओं ने दाँत निकाल कर प्रार्थना सी की—"स्कूल का सालाना जलसा है।" उपमंत्री प्रधान पद ग्रहण करेंगे। हम पुरस्कार वितरण भी करना चाहते हैं पर किसी महिला से ही कराएँगे⋯आप लोगों का ही सहारा है।"

दांत से ओंठ काटते हुए मिसेज बलूरिया ने कहा—"अच्छा, जरा साहब से बात करके आती हूँ, बैठिये!"

साहब ड्रेसिंगरूम में टाई बाँध रहे थे। टाई की नाट ठीक नहीं आ रही थी। मिसेज ने कठिन परिस्थिति बतायी—"कुछ तो देना ही होगा। तुम भी चलना। उपमंत्री जी प्रधान होंगे। तुम उनसे परिचय करना चाहते थे न?" और पूछा, "बताओ क्या दे दूँ?"

साहब टाई की गाँठ ठीक करने के लिए गर्दन को ऐसे उठाये हुए थे जैसे नमक के पानी से गरारे कर रहे हों। आइने में टाई की गाँठ को ध्यान से देखकर बोले—"दे दो, एक सौ एक दे दो।"

विस्मय के कारण ऊँची हो गयी आवाज में मिसेज बलूरिया ने पूछा—"एक-सौ-एक?"

इस बार नजर मिसेज की ओर करते हुए मिस्टर बलूरिया बोले—"अरे तुम्हें पुरस्कार वितरण का प्रधान बनाना चाहती हैं तो इससे कम क्या दोगी?"

मिसेज बलूरिया ने सोचकर कहा—"सिलाई के स्कूल वाले तो बार-बार मिसेज नरिचा से ही इनाम बँटवाते हैं।"

मिस्टर बलूरिया ने पत्नी की ओर मुँह कर समझाया—"चन्दा देती होंगी और एडीटर की बीबी है। तुम चन्दा दोगी, तुम्हें बना देंगे। इन लोगों का क्या है।"

मिसेज बलूरिया ने दिल कड़ा करके एक-सौ-एक का चेक काटकर बालिका-पाठशाला की अध्यापिकाओं को दे दिया। जलसे का समय भी एक बार और पूछ लिया और निश्चय दिला दिया कि साहब के साथ समय पर आ जाएँगी।

बालिका शाला के जलसे में मिसेज और मिस्टर बलूरिया भी ऊँचे मंच पर बैठे हुए थे। शुरू से ही मिसेज बलूरिया का दिल धक-धक कर रहा था। स्कूल के कार्य-कर्ताओं को धन्यवाद देने के लिए उन्होंने जो वाक्य लिखे थे, उन्हें मन ही मन में दोहराती जा रही थीं।

स्कूल के मंत्री की रिपोर्ट और उपमंत्री जी के भाषण के बाद सूचना दी गयी कि अब छात्राओं को पुरस्कार दिया जाएगा। मिसेज बलूरिया का हृदय और भी वेग से धड़कने लगा। उन्होंने जरा खाँस कर अपने आपको संभाला। पुरस्कारों से भरी मेज मंच पर आ गयी। मिसेज बलूरिया का सिर घूमने लगा जैसे उनके सिर पर हेलीकाफ्टर उड़ रहा हो। स्कूल की मुख्य अध्यापिका ने मंच पर आकर सूचना दी–"अब श्रीमती नरिचा छात्राओं को पुरस्कार बाँटेंगी···।"

मिसेज बलूरिया को जान पड़ा कि हेलीकाफ्टर उनके सिर पर ही गिर पड़ा। मुख्याध्यापिका ने और क्या कहा, वे सुन न सकीं: कुछ मिनट बाद जब साँस ठीक से चलने लगी तो सुना कि मुख्याध्यापिका कह रही थीं—"नगर के गरीब बच्चों के लिए रात्रि-पाठशालाएँ खोल कर, गरीब मुहल्लों में···सफाई का काम कराके उन्होंने जो समाज की सेवा की है, उसके लिए हम सब मिसेज नरिचा के प्रति कृतज्ञ हैं। हम अपना आदर उनके प्रति प्रकट करना चाहते हैं ···।"

बालिकाशाला के जलसे के बाद से मिसेज बलूरिया की तबीयत बहुत सुस्त रहने लगी थी। घर में खाली बैठना पड़ता तो वे अखबार पर नजर दौड़ा लेती थीं। उसमें उनका ध्यान विज्ञापनों की ओर ही अधिक जाता था। रेडियो के विज्ञापन, पंखों के विज्ञापन, नयी साड़ियों के विज्ञापन, यूडीकोलोन के विज्ञापन, नये ढंग के फर्नीचर के विज्ञापन···। इससे उन्हें मालूम हो जाता था कि खरीदने लायक चीजें बाजार में कितनी हैं? विज्ञापनों के चित्रों के अतिरिक्त दूसरे ढंग के चित्र भी अखबार में रहते हैं। प्रायः नेताओं और हार पहिने मन्त्रियों के चित्र, जिनके सूखे हुए चेहरों पर मोटे-मोटे चश्में चढ़े होते थे या मोटी-मोटी तोंदें और उन पर गलफुल्ले चेहरे, जैसे मटके पर बदना रखा हो। मिसेज बलूरिया को ऐसे चित्रों के प्रति कोई आकर्षण न था। सामने का पृष्ठ यों

ही पलट देती थीं पर अब प्रायः तिर्छी निगाह से देख लेतीं क्योंकि कई बार मिसेज नरिचा का चित्र छप चुका था, कुछ स्वयं-सेवकों के साथ झाड़ू और टोकरी लिए, साड़ी का फेंटा कमर में कसे। मिसेज बलूरिया ने अखबार के धुँधले चित्र में यह देखने की काफी कोशिश की कि मिसेज नरिचा ऊँचा ब्लाउज पहने हैं या पुराने फैशन का; अनुमान था कि चोली है।

कुछ दिन के बाद मिस्टर बलूरिया ने मिसेज को अखबार में छपी खबर दिखाई कि मिसेज नरिचा ने एक फिरतू औषधालय, गरीब मुहल्लों में दवाइयाँ बाँटने के लिए संगठित किया है।

इस बार मिसेज बलूरिया अपना क्रोध नहीं दबा सकीं; कह ही बैठीं—"कितनी चालक औरत है। जाने कहाँ से ऐसी बात निकाल लेती है कि दुनिया भर में नाम हो जाता है।" और फिर बलूरिया पर क्रोध उतारा, "उनका क्या है, नरिचा उसे ढंग बताता है। मदद करता है। तुम्हें तो कुछ परवाह ही नहीं। तुम्हें अपने बिजनेस से कभी फुर्सत नहीं मिलती।"

अखबारों में कई दिन से भिखमंगों की समस्या पर आन्दोलन हो रहा था। सफेद पोश जनता और सरकार दोनों ही भिखमंगों से परेशान थे। कुछ लोग सरकार पर जोर डाल रहे थे कि भिखमंगों के लिए कुछ शरणालय बना दिये जायँ। ऐसी भी खबरें छपा करती थीं कि मिसेज नरिचा और कुछ लोगों ने, जनता के चन्दे और सरकारी सहायता से एक "भिक्षुक शरणालय" बनाया था, जहाँ निस्सहाय लोगों से उनके सामर्थ्य के अनुसार काम लिया जाता था और पेट भर भोजन दे दिया जाता था लेकिन जिन्हें भीख मांगने का चस्का लग गया था, उन्हें एक जगह बँधकर काम करने में और बिना माँगे खाने से सन्तोष ही न होता था। पुलिस भिखारियों को पकड़ कर शरणालय में पहुँचा देती और भिखारी फिर माँगने के लिए भाग जाते। ऐसे भिखारियों को खोज-खोज कर बटोरना पुलिस के लिए बड़ी भारी सिरदर्दी थी।

मिसेज से बेपरवाही और सहायता न देने का ताना सुन कर मि० बलूरिया ने सिर खुजाते हुए कहा—"हम बतायें, बड़ा कड़ा जाड़ा पड़ रहा है। दो-अढ़ाई सौ रुपया तुम डालो और सौ-पचास लोगों से भी थोड़ा-थोड़ा इकट्ठा कर लो। हमारे गोदाम में बहुत सा पुराना कम्बल

पड़ा खराब हो रहा है। सस्ते में दिला देंगे। तुम मंगलवार के मंगलवार भिखमंगों को कम्बल बाँटना शुरू कर दो।'' माथे पर त्योरियाँ चढ़ा कर बलूरिया साहब ने कहा, ऐसी तरकीब बता दी है तुम्हें कि मिसेज नरिचा का फिरतू औषधालय और गरीबों के मुहल्लों में भंगीपना करना सब हवा हो जाय....''

मिसेज बलूरिया का मन किलक उठा। मुस्कान से फैल गये होंठों से दाँत बाहर निकाल कर उन्होंने कहा—''सचमुच, यह बात तो अखबारों में जरूर छपेगी।''

प्रचार में असफलता का कोई अवसर न रह जाने देने के लिए बलूरिया साहब ने दो स्थानीय अखबारों के संवाददाताओं को भी चाय पर बुला कर मिसेज बलूरिया की 'गरीब सहायक कमेटी' के कम्बलदान यज्ञ की पूरी-पूरी सूचना दे दी।

इस सावधानी का फल भी अच्छा ही हुआ। मिसेज बलूरिया के कम्बलदान यज्ञ की घोषणा; तिथि और समय की सूचना सहित, अखबारों में कई बार छप गयी। मिस्टर बलूरिया ने इस बात का भी प्रबन्ध कर दिया कि कम्बलदान के समय जब बहुत से भिखमंगे कोठी के सामने खड़े हों, और मिसेज बलूरिया कम्बल बाँट रही हों, तो फोटो ले लिए जायें और अखबारों में छप जायँ।

सब काम ठीक ढंग से हो रहा था पर कम्बलदान की तारीख से तीन दिन पहले झगड़ा उठ खड़ा हुआ। सेठ तोरियावाला ने मिसेज बलूरिया के कम्बलदान फण्ड में पांच सौ रुपया दिया था। वे चाहते थे कि कम्बलदान उनकी हवेली पर हो। सेठ तोरियावाला का आग्रह मान लेना मिसेज बलूरिया के लिए सम्भव नहीं था। अखबारों में पहले ही छप चुका था कि कम्ब्लदान मिसेज बलूरिया के बंगले पर होगा। जिद्दा-जिद्दी में मिसेज बलूरिया ने पति से कह कर तोरियावाले के दान की रकम लौटा देने की धमकी दे दी। तोरियावाला को यह ढंग अच्छा नहीं लगा। उन्होंने कहा—''अच्छा देखा जायगा।''

भिखमंगे अखबार नहीं पढ़ते इसलिए बलूरिया साहब ने समझदारी और भिखमंगों के प्रति न्याय के खयाल से कम्बलदान की डौंडी भी पिटवा दी थी कि अमुक समय पर उनके बंगले पर अपाहिजों और भिखारियों को कम्बल बाँटे जायेंगे।

मंगलवार के दिन खूब सुबह ही बलूरिया साहब की कोठी के सामने सड़क पर भिखारियों की भीड़ जुटने लगी। कोठी का दरवाजा बन्द था और दरबान चौकसी पर खड़ा था।

बेबी की आया ने आकर बताया—सौ से ज्यादा भिखारी जमा हैं।

कुछ देर बाद नौकर ने बताया—अढ़ाई तीन सौ से कम नहीं होंगे।

मिसेज बलूरिया भी एक बार जाकर देख आयीं। उनका खयाल था कि हजार से ऊपर आदमी होगा। भीड़ बढ़ती जा रही थी।

कंबलों का ढेर बरामदे में लगा दिया गया था। आठ बजे का समय कम्बलदान यज्ञ के लिए निश्चित था। समय तो हो चुका था। मिसेज बलूरिया को बार-बार रोमांच हो जाता था। मन में उठते आवेश के कारण मुँह से बात नहीं निकल पाती थी। सोच रही थी जरा ठहर जाये ताकि कुछ लोग और आ जायें तो अच्छा लगे। अखबार का फोटोग्राफर भी अभी नहीं आया था। जल्दी भी क्या थी?

सड़क पर से बहुत जोर का हल्ला सुनाई दिया।

मिसेज बलूरिया ने उमंग कर आया से कहा—"अरी देख तो क्या है? कितने लोग आ गये?"

आया लौटी तो भय और विस्मय से आँखें फैलाये; गाल पर उँगली रख कर बोली—"हाय बीबी जी, वे तो सब लोग भाग गये। ढेरों पुलिस आ गई है मोटरों में बैठकर। सब भिखारियों को पकड़ सरनाला में ले जा रही है....।"

मिसेज बलूरिया के पाँव तले से धरती निकल गई। कुछ बोल पाना सम्भव न था।

साहब कपड़े पहन कर "क्या है....क्या है?" पूछते हुए बाहर आये।

मिसेज बलूरिया कम्बलों के ढेर के पास खड़ी आँचल से आँखें पोछ रही थी। भिखारियों के प्रति करुणा से बहते आँसू पोछ कर विगलित स्वर में उन्होंने कहा–

"देखो तो, कैसा पापी समय आ गया है, लोग गरीबों को कम्बल भी नहीं लेने देते....।"

●

आबरू

बम्बई में समुद्र के किनारे, चौपाटी के मैदान और सड़क के बीच कुछ बेंचें पड़ी हुई हैं। एक बेंच की पीठ सड़क की ओर है तो दूसरी की समुद्र की ओर। लोग यहाँ सूर्यास्त के बाद आधी रात तक बैठे रहते हैं। कुछ लोग सड़क पर लगी बिजलियों की तेज रोशनी में आती-जाती मोटरों या पैदल चलते लोगों को देखते रहते हैं, कुछ सड़क की ओर पीठ करके अँधेरे में गरजती और फेन उछालती लहरों की ओर नजर लगाये बैठे रहते हैं।

शिव साढ़े सात बजे आकर एक बेंच पर बैठ गया था। आधे घन्टे तक वह मालाबार हिल से उतरती मोटरों की ओर नजर लगाये प्रतीक्षा करता रहा। वह सड़क की तेज रोशनी से ऊब गया तो स्विमिंग बाथ क्लब' की ओर अँधेरे में एक दूसरी बेंच पर सड़क की ओर पीठ करके बैठ गया। उसे एकान्त खोजने के लिए यहाँ आकर बैठने की आदत नहीं है। बस, उसी दिन आकर बैठा था।

शहर में प्रजातंत्र दिवस के उपलक्ष में रोशनी की प्रतिद्वन्द्विता की धूम थी। शिव को रोशनी देखने जाने की विशेष इच्छा नहीं थी परन्तु एक मित्र ने उसके यहाँ आकर आग्रह किया था—"तुम साढ़े-सात बजे

आ जाना, मैं मालाबार हिल से गाड़ी लेकर आऊँगा। तुम्हें चौपाटी से ले लूँगा। फोर्ट और कोलाबा का एक चक्कर लगा लेंगे।''

वायदा करने वाला मित्र आठ बजे तक भी न आया तो शिव खिन्न होकर सड़क की चकाचौंध रोशनी से बचने के लिए अँधेरे में जा बैठा। एक दम घर लौटकर क्या करता? जाता भी तो किसके यहाँ? सभी लोग तो रोशनी देखने गये होंगे। अकेले बैठकर समय काटना उसे पसंद न था। ऐसी-वैसी बातें याद आने लगती थीं और मन भारी-सा हो जाता था। उन बातों को सोचने से फायदा भी क्या था?

सामने समुद्र की लहरें गरज-गरजकर रेतीले मैदान की छाती पर बढ़ आतीं और मानो किसी जगह को छूकर पीछे हट जातीं। कुछ और गर्जन होती, झाग उठती और लहरें विलीन हो जातीं। और फिर उठकर बढ़ आतीं। यही क्रम जारी था। शिव सोच रहा था—उमंगों से व्याकुल यह लहरें पृथ्वी पर उतनी ही दूर बढ़ती हैं कि पीछे लौट भी सकें इसीलिए ये लहरें निरन्तर उठ सकती हैं।

पुरानी बातों की याद ऐसे ही शुरू हो जाती थी। उसके जीवन में एक ही बार बहुत जोर से लहर उठी थी, इतनी जोर से कि वह लहर उसके पारिवारिक जीवन के समुद्र से सम्बन्ध तोड़कर रेत के मैदान में इतनी दूर बढ़ गयी कि फिर लौट ही न सकी, वहीं सूख गयी। यदि उसके जीवन की उस लहर में इतना वेग न होता, यदि उसके जीवन की लहर ऐसी ही होती जैसी दूसरे लोगों के जीवन में उठा करती है, तो उसके जीवन में भी लहरों के उठने, विलीन होकर फिर उठने का क्रम जारी रह सकता पर इस तरह सोचने से फायदा क्या? उसका मन उमंगहीन और बूढ़ा हो चुका है।

बेंच में एक झटका-सा अनुभव हुआ जैसे कोई दूसरा भी आकर बैठ गया हो। शिव ने कनखी से देखा, एक स्त्री और एक छोटी लड़की साथ में। संकोच-सा अनुभव हुआ। स्त्री के सामीप्य से पुरुष को कुछ अनुभव हो ही जाता है। यदि दसेक बरस की लड़की साथ न होती तो और भी खटकता। शिव को कुछ सोचे बिना उठ जाना पड़ता परन्तु अब उसने सोचा—''ये जानें; हम तो पहले से बैठे हैं।''

स्त्री लड़की से धीमे-धीमे बात कर रही थी। शिव ने सुनने और समझने की कोशिश नहीं की पर इतना मालूम हो गया कि स्त्री की आयु

पच्चीस-बरस के लगभग होगी। मतलब यह कि वह अपने लिए जिम्मेवार थी। शिव सोच रहा था कि हम क्यों उठ जायें पर अपरिचित स्त्री के समीप आकर बैठ जाने की चेतना को भी भूल न पा रहा था।

"क्या चुप ही बैठे रहेंगे?" सुनाई दिया। स्वर में संकोच और आग्रह का पुट था। शिव ने आस-पास देखा, स्त्री की आँखें समुद्र की ओर थीं। समीप किसी दूसरे व्यक्ति को न देखकर शिव ने उत्तर देना आवश्यक समझा, "क्या मुझसे कुछ कहा?"

"तो यहाँ और कौन है?" स्त्री ने शिव की ओर नजर कर मुस्कराहट से उत्तर दिया।

"क्या कहूँ?" शिव बोला, "मुझे कुछ कहना नहीं है। आपने मुझे किसी दूसरे आदमी की जगह तो नहीं समझ लिया? मेरा आपसे परिचय नहीं है।" स्त्री झेंप से घबरा न जाये इसलिए शिव स्वर को कोमल बना कर इतनी बात कह गया।

"पहले से परिचय न हो तो बात नहीं करनी चाहिए?" स्त्री ने फिर मुस्करा दिया।

"नहीं, ये तो मैं नहीं कहता।" शिव बोला, "पर मुझे तो कुछ कहना नहीं है।"

"तो फिर यहाँ अन्धेरे और सूने में आकर बैठने की जरूरत क्या?" स्त्री प्यार की धृष्टता से बोली, "परेशान और थका आदमी रात में ऐसी जगह बैठ कर बातचीत करके मन हल्का कर लेता है।"

शिव कुछ कह न सका पर उस एकान्त में स्त्री की स्नेह के अधिकार की धृष्टता बुरा न लगी। उसके कपड़ों की गन्ध, जैसी कि मन को गुदगुदा देने वाली गंध प्रायः स्त्रियों के सामीप्य से अनुभव होती है–उसे अच्छी ही लगी। उसकी बातों से अतीत की वह बात, जो बेंच पर झटका अनुभव होते समय याद आने लगी थी, चित्र बन कर सामने आ गयी—वह दिन भर शांति से मिलने के लिए तड़पता रहता था। संध्या समय 'बीचकैंडी' पर शांति आती थी तो उसे लेकर वह 'भूलेश्वर' के नीचे समुद्र के किनारे जाता था। चट्टानों के बीच में ऐसी जगह खोज कर बैठते थे जहाँ उन्हें कोई देख न सके। शांति को लौट चलने की इतनी जल्दी रहती थी कि बात भी न हो पाती। एक दूसरे का हाथ

पकड़े, आंखें मिलाये रह जाते और बस, एक दिन एक हो जाने के वायदे दुहरा लेते····

'आप चाय पी चुके?'' शिव को सुनाई दिया और अतीत के चित्र का ध्यान टूट गया।

''मैं इस समय चाय नहीं पीता हूँ।'' शिव ने उत्तर दिया मानो चाय का निमंत्रण स्वीकार न कर सकता हो। देर से चाय पीने से उसकी संध्या की भूख मारी जाती है। वह सोच ही रहा था कि कहे—आप पीना चाहती हैं तो चलिए दूकान तक साथ चलूँ? ···चाय की प्याली सामने होने पर बातचीत का सिलसिला जमने में सहायता मिलती है। आठ-दस आने में कुछ बन बिगड़ भी नहीं जाता।

स्त्री फिर बोल उठी—''हमें ही पिला दीजिए।''

स्त्री का स्वयं चाय पीने के लिए आग्रह करना शिव को अभद्रता-सी लगी। किसी के लिए स्थान कर देना एक बात होती है और किसी को परे हट जाने के लिए कह देना दूसरा बात। मन का भाव बदल गया।

''यह तो मेरा काम नहीं है।'' शिव ने रूखा-सा उत्तर दे दिया।

''अच्छा तो इस लड़की को ही पिला दीजिए।'' स्त्री ने कह दिया।

शिव को जान पड़ा जैसे यह बात केवल उसे शर्मिन्दा करने के लिए ही कही गयी हो।

''क्यों, मुझे मतलब?'' शिव ने और भी रुखाई दिखायी।

शिव भद्र-समाज की ऐसी अनेक महिलाओं को जानता है जो पुरुषों को अनुगृहीत करने के लिए अपनी सेवा का अवसर दे देती है। शिव को ऐसे अनुग्रह की इच्छा नहीं थी। अचानक ख्याल आया—लड़की भूखी न हो।

अपने व्यवहार के प्रति लज्जा-सी अनुभव हुई। उसने लड़की और स्त्री की ओर कनखी से देखा। अच्छे-भले कपड़े थे। तर्क किया—भूखों का ये ढंग होता है। शिव की कल्पना में फिर शांति के साथ बितायी संध्याओं के चित्र घूमने लगे।

''आप सिगरेट नहीं पीते?'' एक मिनट बाद शिव को फिर सुनायी दिया।

फिर अतीत के चित्र का ध्यान टूट गया और उसके मन में समीप बैठी स्त्री के लिए तिरस्कार का भाव पैदा हो गया–सिगरेट पीने वाली स्त्री कैसी हो सकती है?

"क्यों आप पीती हैं?" शिव ने सिगरेट के लिए जेब में हाथ डाले बिना ही पूछा।

"नहीं, आप पीजिए।...खुशबू अच्छी लगेगी।...जान पड़ेगा कोई पास बैठा है।" स्त्री ने निस्संकोच आत्मीयता से कहा।

शिव का भाव बदल गया। मन में अच्छा लगा कि उसका सिगरेट पीना किसी को अच्छा लगेगा। स्त्री की मनुष्य के सामीप्य के लिए चाह के प्रति भी शिव को सहानुभूति अनुभव हुई। सामीप्य बढ़ाने के लिए उसने जेब से सिगरेट निकालते हुए कहा—"आप भी पीजिये तो खुशबू के साथ जायका भी आएगा। अकेले पीने में क्या अच्छा लगेगा?"

स्त्री ने बेंच पर उसकी ओर झुकते हुए धन्यवाद में मुस्कराकर उत्तर दिया—"नहीं, आप पीजिए, हम नहीं पीती। एक और इल्लत लगाने से फायदा। पीने लगें तो बार-बार दिल चाहेगा।"

शिव को स्त्री की समझदारी की बात भी अच्छी लगी। समझदार, जिम्मेवार स्त्री के साथ निर्भय बैठकर बातचीत करते हुए सिगरेट पीने का संतोष, शांति के साथ भय और व्याकुलता में बितायी संध्याओं के चित्र पर जाल की तरह फैलने लगा।

"बात तो आप ठीक कहती हैं।" शिव ने स्वीकार किया और पूछा, "आप यहाँ कहाँ रहती हैं? आप यू० पी० की जान पड़ती हैं?"

"जी हाँ" स्त्री ने हामी भरी, "यहाँ नजदीक ही ग्रांटरोड के पुल के पार।"

"आपके घर के लोग तो होंगे?"

"हैं ही" स्त्री ने समुद्र की ओर आँखें किये उत्तर दिया, "घर के लोग तो सभी के होते हैं।"

"आप यहाँ उनकी प्रतीक्षा कर रही हैं?"

"प्रतीक्षा किसी खास की नहीं।"

ठीक से समझने के लिए शिव ने पूछा—"तो फिर रात में अकेली कैसे आयीं?"

"अकेले आना पड़ता है तो अकेली ही आ जाती हैं, क्या करें? बैठे-बैठे कैसे चल सकता है? स्त्री ने नीचे रेत की ओर देखकर चप्पल से रेत पर लकीरें-सी बनाते हुए उत्तर दिया।

बम्बई में यों मिल जाने वाली स्त्रियों के बारे में शिव ने अनेक बातें सुनी थीं। सिगरेट से कश खींचता हुआ वह सोच रहा था, इसका ढंग तो वैसा नहीं जान पड़ता। उसे फिर सुनायी दिया—"यहाँ बैठे-बैठे क्या कीजिएगा? चलिए न कहीं थोड़ा घूमें?"

शिव को और भी विचित्र जान पड़ा। स्त्री को समझा पाने के लिए प्रकट में उसने पूछा—"कहाँ?...क्या रोशनी देखने?"

"रोशनी में क्या रक्खा है? लड़की जिद्द कर रही थी, इसे दिखाने ले आयी। ....चलिए आपके यहाँ जगह हो तो वहाँ चलें; या हमारे यहाँ चलिए!" स्त्री जल्दी से अंतिम बात कह गयी।

शिव का हाथ सिगरेट को मुँह की ओर ले जाते हुए रुक गया। स्त्री के इस प्रस्ताव के धक्के से वह सहसा बीस वर्ष पीछे जा पड़ा और उसकी आँखों के सामने प्रत्यक्ष दिखायी देने लगा—आधीरता और व्याकुलता में किया एक रात का दुस्साहस। शिव के पिता ने शांति से विवाह की अनुमति नहीं दी तो वह अपना घर छोड़कर अलग कमरा लेकर रहने लगा था। एक दिन अपनी समझ-बूझ प्रेम के ज्वार में डुबोकर वह शांति को अपने कमरे में ले गया। वे दोनों सभी कुछ भूल गये थे तो घड़ी का ही ध्यान उन्हें कैसे बना रहता! आधी रात बीत जाने पर उन्हें होश आया।

"हाय अब क्या होगा?" शांति काँप उठी थी। उसका भय से पीला चेहरा देखकर, उसे आलिंगन में लिपटा कर शिव ने सान्त्वना दी थी—"जो हो गया, हो गया। अब तुम घर मत जाओ। आज से हम एक हैं। यह तुम्हारा घर है।" शिव सब कुछ झेलने के लिए तैयार था।

"नहीं, यह कैसे हो सकता है?" शांति नहीं मानी।

शिव शांति को उसके घर के समीप तक छोड़ने गया था। शांति ऐसे चल रही थी मानो पशु बधिक के काठ की ओर जा रहा हो पर पीछे हट भी न सकता हो। शांति अपने घर की गली के मोड़ पर पहुँच कर, शिव को लौट जाने के लिए कह कर अंतिम बार उसकी आँखों में कैसे देखा था।

फिर शांति का क्या हुआ, ये अनुमान की ही बात थी। अगले दिन एक-एक पल युग के समान बिताकर जब शिव संध्या रामय खोज-खबर लेने शांति के मुहल्ले में पहुँचा तो मालूम हुआ कि रात अन्धेरे में चौथी मंजिल से गिर पड़ने के कारण शांति की मृत्यु हो चुकी थी। लोग उसकी अर्थी लेकर गये हुए थे।

शिव अपने पिता के अन्याय के विरोध में या एक रात की गलती के प्रायश्चित में अपने जीवन को वैसे ही बिताता चला आ रहा था। बीस वर्षों की मोटी तह भी उस मूक स्मृति को धुँधला नहीं कर सकी थी।

एक भद्र समझदार स्त्री से रात में उसके घर चलने का अनुरोध सुनकर शिव ने विस्मय से पूछा—"आपके घर?"

स्त्री ने आश्वासन दिया और बोली "वहाँ आपको कोई परेशानी नहीं होगी। यहाँ बेंच पर बैठे हैं, वहाँ आराम रहेगा। पलंग, बिस्तर होगा। चाहे रात वहाँ ही रह जाइएगा।"

शिव भद्रता के आवरण में छिपे जाल को भाँप गया। उसमें फँसने से इनकार करते हुए उसने कहा—"मेरे आराम की इतनी चिन्ता आपको क्यों है? आपको उससे मतलब?"

"मतलब क्या है!" स्त्री ने निस्संकोच उत्तर दिया, "आप चलेंगे आराम पाएँगे तो पाँच-चार कुछ तो देंगे ही।"

"वेश्या!" पहचान कर शिव का मन ग्लानि से भर गया। यह जता देना भी आवश्यक था कि ऐसा धोखा चल नहीं सकता। शिव रुखे स्वर में बोला, "आप कह रही थीं कि आपके घर के लोग हैं, उन्हें इसमें कुछ एतराज नहीं होगा ?"

"एतराज करने वाले होते तो रोना ही क्या था?"

"क्यों, आपके पति?" शिव ने पूछा।

"जिन्दा तो होंगे ही!" स्त्री ने कटुता से उत्तर दिया।

"क्यों; आपको मालूम नहीं?" शिव को स्त्री के स्वर से विस्मय हुआ।

"क्या मालूम!" उदासी का साँस लेकर स्त्री बोली, "आप इतना पूछते हैं तो सुन लीजिए···

"हमारे पति घर से लड़ कर हमें साथ लेकर नौकरी ढूँढ़ने बम्बई आये थे। यहाँ अपनी बहिन के यहाँ ठहरे थे। वे लोग पाँच बरस से यहाँ हैं। हमारे घर वाले तीन महीने चक्कर लगा कर लौट गये। किराया काफी नहीं था इसलिए वे अकेले गये कि किराया भेज कर हमें बुला लेंगे। तब से तीन साल होने को आ रहे हैं। हमारे नन्दोई पाँच बरस से रोजगार ढूँढ़ रहे हैं। सिनेमा में न जाने क्या करते हैं। दो-तीन महीने में कभी रात-बिरात आ जाते हैं। मकान का किराया भर वे दे जाते हैं। साफ कह देते हैं कि और अधिक उनके बस का नहीं। बरस के बरस ननद को एक बच्चा जरूर दे जाते हैं। इससे अधिक जिम्मेवारी उनकी नहीं है। ये लड़की है, ननद के चार बच्चे हैं। हम लोग क्या करें? इस बदन के सिवाय हम लोगों के पास है क्या···?"

शिव कह देना चाहता था कुछ नहीं है तो आबरू बचाने के लिए डूब मरने को इतना बड़ा ये समन्दर तो सामने है पर कह नहीं सका। खुद ही सोचने लगा, डूब ही मरेगी तो आबरू किसकी बचाएगी?

आबरू से जिन्दा रहने का उपाय क्या बताये····। शिव मन की खिन्नता वश में करने के लिए बेंच पर से उठ गया।

●

गमी में खुशी

एक जमाना था कि नवाब नबीरजा के मुर्ग गोमती किनारे हुसैनाबाद की पाली में लड़ते थे। उनके मुर्ग जीतने के उपलक्ष्य में जश्न मनाये जाते और दावतें होतीं इसलिए प्रायः उन्हीं के मुर्ग जीतते थे।

नबीरजा ने कई बरस से अपने मुर्ग दंगल में भेजना बन्द कर दिया था। नवाब साहब का कहना था कि छः बरस पहले, न जाने कैसे, गोमती किनारे के जंगल से एक भेड़िया उनके मुहल्ले में घुस आया था। उनके मुर्ग 'कोहशिकन' की नजर भेड़िये पर पड़ी। मुर्ग भेड़िये से भिड़ गया। भेड़िया तो शिकस्त खाकर भागा ही लेकिन 'कोहशिकन' के भी कुछ जख्म आ गये। कोहशिकन को जहरबाद की बीमारी हो गयी और उसका इंतकाल हो गया। नवाब साहब ने कोहशिकन की तुर्वत पर हलफ उठा ली कि अब मुर्ग का शोक नहीं करेंगे। तभी से नवाब साहब के यहाँ जश्न और दावतें भी बन्द हो गयीं।

कुछ छिद्रान्वेषी ऐसे हैं जो हर बात और स्थान में छेद और ऐब खोज निकालते हैं। ऐसे लोगों ने दबी-दबी अफवाह उड़ा दी थी कि नवाब साहब की बेगम मीरसफदर की ड्योढ़ी के मरहूम नवाब साहब की

रखैल की बेटी थी। स्वर्गीय नवाब साहब ने, नबीरजा को ड्योढ़ी में कुछ देखभाल करते रहने का काम सौंप कर उनकी माहवारी बाँध दी थी। नबीरजा कभी-कभी ड्योढ़ी में हो जाते और कभी अपने शौक में मसरूफ हो जाते तो न भी जा पाते। माहवारी बँध गयी थी सो मिलती रहती थी। नबीरजा सैंतीस बरस तक बिना कोई रोजगार किये, शरीफों जैसी जिन्दगी बिताते रहे तो देखने वालों को विश्वास हो गया कि वे नवाबी खानदान से हैं और नवाबी खानदान के वसीके में से हिस्सा पाते हैं।

जब तक नवाब नबीरजा की बेगम की वाल्दा जिन्दा रहीं, मीरसफदर की ड्योढ़ी से आये दिन कुछ न कुछ प्राप्त होता ही रहता था। उनका स्वर्गवास हो जाने पर भी नबीरजा को माहवारी मिलती रही लेकिन अब नबीरजा केवल मुहर्रम की मजलिस में शरीक होने और दोनों ईदों पर मुबारिक कहने ही ड्योढ़ी में पहुँचते थे और दोनों ईदों पर ही ड्योढ़ी से उनके यहाँ भी हिस्सा पहुँचता था। प्राप्ति का कुछ और जरिया न रहा था।

मीरसफदर की ड्योढ़ी के नये नवाब साहब कुछ 'नये खयालात' के आदमी हैं। उन्होंने नये जमाने की अंग्रेजी शिक्षा पाई है। उनके शौक भी नये ढंग के हैं। नये नवाब ने ड्योढ़ी में मर्दाने हिस्से का रंग-ढंग भी बदलवा दिया है। मसनदों और पीकदानों के बजाय सोफा-सेट और ऐश-ट्रे आ गये हैं। महफिल के बजाय उन्हें क्लब का शौक है। ड्योढ़ी के खर्चे में भी उन्होंने कई परिवर्तन कर दिये हैं। इन परिवर्तनों में कई पुराने खर्चों के साथ नवाब मरहूम की रखैल के दामाद को दी जाने वाली माहवारी भी बन्द कर दी गयी।

जब छप्पन बरस की आयु में नबीरजा का वसीका बन्द हो गया तो वे किस लायक थे? छोटी-छोटी दूकान कर सकने लायक पूँजी भी घर में न थी। छप्पन बरस की आयु तक 'नवाबी' कर चुकने के बाद वे नौकरी के लिए किसके आगे हाथ पसारते? दुनिया के सामने कैसे स्वीकार कर लेते कि वे अब तक ड्योढ़ी के टुकड़ों पर पल रहे थे? और करते भी तो क्या?

नवाब साहब ने इस गहरी चोट को बहुत सम्भाला। चिन्ता की झलक उनके चेहरे पर प्रकट हो ही गयी तो लोगों को चिन्ता का वाजिब कारण बताना भी जरूरी था। मुहल्ले में उन्होंने कहा कि उनका हक

निगल जाना मजाक नहीं है; ड्योढ़ी की जायदाद में अपने हिस्से के लिए अदालत में दावा करके वे नये नवाब साहब को मजा चखा देंगे।

ड्योढ़ी के खिलाफ दो बरस तक भी दावा दायर न हो सका तो नबीरजा ने बेपरवाही प्रकट की कि अदालत जाना खानदानी लोगों को शोभा नहीं देता। एक समय उनके बुजुर्ग अदालत करते थे। अब वे खुद अदालत में जाकर दुहाई दें?··जिन्दगी भर के लिए अल्लाह का दिया बहुत है।

इस कठिनाई में नवाब साहब की चार संतानों में से एक-मात्र बचा हुआ नौजवान बेटा, हसनरजा डूबते हुए जहाज को छोड़कर भाग जाने वाले चूहे की तरह, घर छोड़कर कलकत्ता भागा और फिर लौटा ही नहीं।

ड्योढ़ी से नवाब साहब का वसीका बन्द हो जाने पर घर में, सास की मेहरबानी से गहनों, बर्तनों और दूसरी चीजों के रूप में जो कुछ सम्पत्ति थी उसी का भरोसा था; और भरोसा था मामा नसीमा का। नसीमा तीस बरस की आयु में दूसरी बार विधवा हो गयी तो अल्लाह का नाम लेकर सब्र कर लिया और नवाब साहब के यहाँ खिदमत कर पेट पालने लगी थी। नवाब साहब के यहाँ उसे चौंतीस बरस हो गये थे। नसीमा की माहवारी तनखाह दो ही रुपये मुकर्रर हुई थी लेकिन इसके अलावा नबीरजा और बेगम उसे 'आपा' यानी बड़ी बहिन कह कर भी पुकारते थे।

नवाब साहब कभी कोई सौदा-सुलफ तक अपने हाथ से खरीदकर न लाये थे। अब बाजारों में घर की चीजें बेचने जाना उनके लिए मौत से मुलाकात करने से बढ़ कर था। बेगम की समझदारी थी कि गैर जरूरी हो जाने वाली चीजें नसीमा के हाथ मकान के गली में खुलने वाले छोटे दरवाजे से बाजार में भिजवाकर गुजारा चला रही थी। गुजारा भी क्या मोटे अनाज की रोटी मिर्च और प्याज की चटनी से किसी तरह गले से उतार ली जाती थी। बेगम को सदा ही आज की अपेक्षा आने वाले कल की चिन्ता रहती थी।

नवाब साहब की बैठक में सदा गड़गड़ाता रहने वाला पेचवान भी गायब हो गया था। मेहमान बैठक में पेचवान न देखकर आश्चर्य प्रकट करते तो नवाब साहब सीने पर हाथ रखकर हँफनी के स्वर में उत्तर देते—

"कहर खुदा का इस नामुराद खाँसी पर। हकीम ने सख्त परहेज के लिए ताकीद की है। पेचवान घर में हो तो तबीयत मचल ही जाती है। कल तबीयत झल्ला गयी तो पेचवान उठाकर एक फकीर को दे डाला।"

ऐसा प्रसंग आने पर नबीरजा अपनी याददाश्त को कोसते हुए भीतर के दरवाजे की तरफ मुँह कर पुकार लेते—"लौंडिया से कह दो, फौरीं बाजार से एक डिबिया कैंची तो ले आये, चार-छह गिलौरी पान भी दे जाये।"

वह 'फौरीं' मेहमान के चलते वक्त तक भी पूरी न होती और नवाब साहब बुढ़िया मामा की कमजोर टाँगों को कोसते रह जाते जिससे जल्दी चला ही नहीं जाता था। मामा तो पिछले बरस ही अल्लाह को प्यारी हो चुकी थी परन्तु नवाब साहब की मामा को आवाज देने की आदत बनी ही हुई थी।

नवाब नबीरजा और बेगम को अपने इकलौते बेटे हसन के घर छोड़ जाने से गम तो बेइंतहा हुआ मगर परेशानी उतनी नहीं हुई, जितनी कि मामा के सहसा यह दुनियां छोड़ जाने से हुई। गरीबी और मुसीबत में झगड़े का एक और कारण बन गया कि घर की कोई चीज बाजार में बेंच कर उससे आटा, नमक, मिर्च खरीद लाने कौन जाये? नवाब साहब को शहर भर के लोग पहचानते थे। जिधर से निकलते, सामने से आदाब में हाथ उठने लगते थे; चाहे लोग उनकी पीठ पीछे होते ही मुसकरा भी देते हों। वे घर की चीज बाजार में बेचने जाने और बनिये की दूकान से आटा उठा कर लाने की अपेक्षा निराहार प्राण दे देने के लिए तैयार थे।

एक दिन रात का फाका हो चुका था। बेगम ने फिर अपनी लाचारी प्रकट की—"क्या फाके में जान जाएगी?" नबीरजा ने कमजोर आवाज में झुँझलाकर कहा, "हम कहते हैं, शरीफ खानदानों की बुरकापोश बेगमात को बाजार में कौन पहचान सकता है? यहाँ तो आदमी क्या, हैवान तक पहिचान कर अदब से रास्ता छोड़ देते हैं। हम गठरी उठाकर बाजार में चलें? ...बुरका पहिन कर कोई पिछवाड़े के दरवाजे से गली में निकल जाये तो किसी को क्या मालूम हो सकता है? ...औरत की इज्जत तो उसके खाविन्द की इज्जत से होती है...."

निकाह के बाद बेगम जब से इस घर में आयी थी, मुहल्ले के बाहर कदम नहीं रखा था। दो दिन के फाके के बाद उन्हें हार मान लेनी पड़ी। बुरके के भीतर आँसू बहाती हुई वे घर के पिछवाड़े के दरवाजे से गली में निकल कर बाजार से जरूरी सौदा ले आयीं।

मामा नसीमा ने नवाब और बेगम साहिबा पर जिन्दगी भर एहसान ही किये थे। यहाँ तक कि चौंतीस बरस पहिले जो दो रुपया माहवार तनख्वाह नियत हुई थी, उसका भी बहुत बड़ा भाग छोड़ गयी थीं; यों भी साथ तो सिर्फ सवाब ही जाता है। खैर, जाते-जाते मामा अपनी तनख्वाह की रकम के साथ एक अच्छी-खासी मुसीबत भी छोड़ गयीं।

दो बरस पहिले की बात है। एक चील पंजों में कुछ दबाये नवाब साहब की सूनी छत पर उतरी ही थी कि हसन ने उस पर एक ढेला चला दिया। चील उड़ी तो उसके पंजे में दबा मुर्गी का चूजा छूट गया। पीली-पीली चोंच और जिस्म पर कहीं-कहीं निकले रोएँ। उस महीने भर के चूजे के प्रति निस्संतान नसीमा का हृदय उमड़ आया था। उसने चूजे को पानी पिलाया और अपने मुँह में कुचल कर रोटी खिलानी शुरू की। मुर्ग बढ़ने और पनपने लगा। सौ बातों में भूल-चूक हो जाने पर भी नसीमा अपने मुर्ग को रात में मरदूद बिल्ली से बचाये रखने के लिए टोकरी से ढाँक देना न भूलती थी। उस मुर्ग का नाम भी उसने रखा था—'दिलपजीर'।

हसन कभी-कभी मामा को परेशान करने के लिए कहने लगता—''खालाजान, अब तो दिलपजीर को बिल्कुल तैयार समझो; इसे हाँडी के सुपुर्द कब कर रही हो? कुछ दिनों में तो कड़ा पड़ जाएगा।

''चश्मबद्दूर···!'' कह कर मामा लड़के को प्यार से डाँट देती, ''कहीं घर के जानवर के लिए ऐसा कहा जाता है? और दिलपजीर क्या जानवर है?'' मामा कहती, ''देखो····'' और दाना देने के ढंग से खाली हाथ ही बढ़ाकर पुकार लेती, ''आओ बेटे दिलपजीर!''

मुर्ग सीना फुला कर उनकी तरफ बढ़ जाता।

मामा कहती—''शक्ल मुर्ग की है तो क्या हुआ; है कि नहीं बिल्कुल आदमी जैसी समझ! बात को कैसे समझता है!''

एकाध बार सचमुच ही हसन की जबान चटनी से रोटी खाते-खाते तंग आकर मुर्ग के लिए लपलपाने लगी। उस वक्त नवाब साहब ने

लड़के को समझाया—"मुर्ग खाने का क्या यह तरीका है? यह तो परिन्दे को जाया करना है। मुर्ग का गोश्त सेर भर हो तो उसके लिए पाव भर घी चाहिए और पाव भर दूसरा मसाला···" नवाब साहब पन्द्रह-बीस मसालों के नाम गिनाते चले गये।

बेगम ने भी एकाध बार सुझाया कि ऐसा तैयार हो गया है कि बाजार में तीन-चार रुपये में बिक सकता है पर किसी को यह बात अच्छी नहीं लगी। दिलपजीर नवाब साहब के दरवाजे की शोभा था। जब वह बाँकेपन से सीना बढ़ा कर, हरी झलकें लिए काले शरीर पर आग की लपट-सी लाल कलगी हिलाता हुआ चलता तो नवाब के सूख चुके होंठों पर भी मुस्कान आ जाती।

दिलपजीर की उठान देखकर गली-मुहल्ले के लोग नवाब साहब को सुना कर प्रशंसा में कहते—"नवाब साहब मुर्ग को जाने क्या खिलाते हैं? शहर में मुर्ग तो घर-घर हैं पर दिलपजीर बेनजीर है···।" फिर खुद ही जवाब देते, "भैया, जो लोग रूखी-सूखी खाकर अपना पेट भरते हैं, उनके यहाँ मुर्ग बेचारे भी क्या करें? नवाब साहब के दस्तरखान की जूठन से तो अच्छे-भले कुंनबे की गुजर हो सकती है। मुर्ग जब इतना खाएगा तो पट्ठा क्यों नहीं बनेगा!"

नवाब साहब मूक समर्थन में मुस्करा देते। दिलपजीर मुहल्ले भर के दरवाजों का कूड़ा चुग-चुग कर अपनी उठान से नवाब साहब की प्रतिष्ठा बना रहा था।

जुम्मेरात के दिन आसाढ़ के पानी का पहला छींटा पड़ गया था। गली-मुहल्ले के लोगों ने नवाब साहब को घेर लिया—"नवाब साहब, इस इतवार की पाली में दिलपजीर जरूर शामिल होगा।"

नवाब साहब ने इन्कसारी से कहा—"नहीं-नहीं अभी क्या लड़ेगा; अभी बच्चा है। साल भर कुछ बादाम-पिस्ता खा ले तो अगले बरस सही।" पर लोग माने नहीं। कल्लन मियां ने मुर्गे को बगल में उठाकर कहा, "वाह साहब, यह कैसे हो सकता है। मुहल्ले की इज्जत का सवाल है। दिलपजीर कोहशिकन के जांनशीं हैं। किसमें दम है कि उन्हें पछाड़ दे? ऐसा हो जाय तो हम लखनऊ को उजाड़ देंगे।"

लोग नवाब साहब को घेर कर पाली में ले ही गये। साथ चलने वाले पहले से ही दिलपजीर की फतह पर दावत का तकाजा करते जा

रहे थे। नवाब साहब के मुहल्ले के लोगों के जतन से दिलपजीर ने मुकाबले के मुर्ग को पछाड़ दिया।

नवाब साहब लहूलुहान दिलपजीर को गोद में उठाये लौट रहे थे तो गर्व से उनका सीना उभर आया था। लोग दावत के वायदे की याद दिला रहे थे और नवाब साहब उदारता से उत्तर दे रहे थे—"जरूर, जरूर!" दिलपजीर से क्या दावत अच्छी है! एक क्या, सौ दावतें लीजिए। अल्लाह दावत का मौका तो दे; दावत क्यों नहीं होगी?" मकान पर पहुँचते-पहुँचते दावत के लिए एतवार का दिन भी मुकर्रर हो गया।

अपने मकान के दरवाजे के भीतर पाँव रखते ही दिलपजीर की फतहयाबी की खुशी नवाब साहब के दिल में दब कर आह बन गयी। आँगन में पहुँच कर मुर्ग को गोद से पटक दिया और माथे पर बाँह रख कर चुपचाप खाट पर पड़ गये।

बेगम ने उन्हें इस हालत में देखा तो अधीरता से पूछा—"खैर, हुआ क्या?··· ऐसे क्यों हो रहे हो? मुर्ग के जरा चोट आ गयी तो हो क्या गया?"

"मर ही गया होता कमबख्त?" नवाब साहब ने एक आह छोड़ी।

"नाउज़बिल्ला, तोबा करो!··· हुआ क्या? कहते क्यों नहीं?" बेगम ने चिंता प्रकट को।

"होना क्या था?" नवाब साहब झल्ला उठे, "शोहदों ने हल्ला कर दिया कि दिलपजीर जीत गया और फिर सबके सब पीछे पड़ गये कि दावत देनी होगी।"

"दावत!" बेगम की आँखों में पुतलियाँ फैल गयीं। ठोड़ी को उँगली के सहारे सम्भाल कर उन्होंने पूछा, "तो तुमने क्या कहा?"

"कहता क्या?" नवाब साहब ने झल्ला कर बेबसी दिखायी, "कोई बदमाशों से घिर जाये तो कर क्या सकता है? ऐसे मौके पर कोई शरीफ इन्सान क्या जवाब दे सकता है?"

"दावत का वायदा कर आये?···कब के लिए?" बेगम ने घिघियाए हुए स्वर में पूछा।

नवाब साहब ने माथे पर हाथ मारकर उत्तर दिया—"इन्हीं कमबख्तों ने हल्ला कर दिया है कि दावत इसी इतवार को होगी।"

"तुम जानो।" गहरी साँस ले, फर्श पर हाथ टिका कर उठते हुए बेगम ने कहा, "हम जान दिये दे रहे हैं, किसी तरह इज्जत बचाये-बचाये आँख मूँद लें; तुम शेखी में उघाड़ के रहोगे। कुछ सोचा तो होता। दो चार चीजें चाँदी की घर में रह गयी हैं, लाकर दिये देती हूँ। बर्तन के नाम ताँबे-पीतल का एक कटोरा भी घर में नहीं है। हमारा तो यों ही दिल दहल रहा था कि जाने अल्लाह को क्या मंजूर है? आखिरी वक्त के लिए अफीम और कफन लेकर रख लूँ। तुम लोगों को दावत दे आये!...मालूम होता तो पहले ही अफीम खा लेती।"

अपनी इस कठिन परेशानी में बेगम की बेरुखी देखकर नवाब साहब ने बेबसी की झुँझलाहट में दीवार की ओर करवट ले ली और अपने आपको भाग्य के भँवर में डूब जाने के लिए आँखें मूँद लीं। बेगम भी दुर्भाग्य की चिन्ता में अपनी खाट पर जा लेटी। चूल्हा ठंडा ही रहा।

दिलपजीर मानो अपने अपराध के लिए क्षमा माँगने के लिए कुड़कुड़ाता हुआ आँगन और कोठरियों में घूमता रहा। अँधेरा हो जाने पर वह इंतजार में था कि कोई उसे टोकरे के नीचे ढाँक कर ऊपर से सिल रख कर, रात भर के लिए सुरक्षित कर दे। जब किसी ने उसकी सुध न ली तो बेचारा एक कोने में दुबक रहा।

आधी रात में बड़े जोर से फड़फड़ाहट हुई और दिलपजीर के दबे हुए गले से क्ड़ें! क्ड़ें! की आवाजों से मकान चीख उठा।

बेगम उठीं और 'हाय अल्ल्ला!' पुकारती हुई आँगन की तरफ झपटीं।

नवाब साहब भी बदहवासी में 'या हुसेन!' पुकारते हुए आँगन की तरफ लपके। आधी रात को गहरी नींद के दबाव में आँखें ठीक से खुल न पायी थीं, एक दूसरे से टकरा गये। आपस में टकराते ही दोनों के मुँह से निकला—"हाय दिलपजीर! ...बिल्ली!"

नवाब लपक कर एक लकड़ी उठा लाये। बेगम ने चूल्हे पर रखी दियासलाई की डिबिया टटोल कर काँपते हाथों से ढिबरी जला दी। बिल्ली भाग गयी थी। आँगन में हलाक पड़े दिलपजीर के पंख अब भी आहिस्ता-आहिस्ता हिल रहे थे और उसकी गर्दन से टूट चुके, खून से लथपथ कलगी वाले सिर में गोल-गोल आँखें पथरा गई थीं।

कुछ पल तक नवाब और बेगम दोनों ही चुप रह गये। फिर बेगम रुआँसे गले से पुकार उठीं—"हाय मेरा दिलपजीर!···अल्लाह का कहर नाजिर हो इस बिल्ली पर, अब इस गमी में खुशी की दावत का क्या मौका?" बेगम चिन्ता से मुक्त होकर खुले दिल से रो उठीं।

नवाब के हाथ से लकड़ी गिर पड़ी। उन्होंने रोती हुई बेगम को बाँहों में सम्भाल लिया और खुद भी रो उठे—"या परवरदिगार, मेरे दिलपजीर की गमी में ही हम गुनहगारों के लिए निजात थी?" और फिर दिलपजीर के बदन पर हाथ रख कर रोने लगे, "मेरे बेटे, जिन्दा रह कर तूने हमें इज्जत बख्शी और हमारी इज्जत बचाने के लिए तूने जान दे दी।"

कुछ देर नवाब और बेगम एक दूसरे के कंधे पर सिर रखे रोते रहे। एक दूसरे पर आया क्रोध आँसू बन कर बह गया—दिलपजीर की गमी में या इज्जत बच जाने की खुशी में?

●

तुमने क्यों कहा था मैं सुन्दर हूँ ?

"अच्छा हमारा एक फोटो बना दीजिए।" माया ने सकुचाते हुए कह डाला।

निगम को बहुत अच्छा लगा—"वाह, जरूर।" उसने आश्वासन दिया।

माया से इतनी बात कहला सकने में निगम का लगभग डेढ़ मास का समय और प्रयत्न लगा था। इस प्रयत्न का इतिहास बहुत रोचक न होने पर भी उसका महत्व है।

निगम और माया दोनों ही क्षय रोग की ऐसी आरम्भिक अवस्था में थे, जब सावधानी, उपचार और पथ्य से रोग का इलाज निश्चित रूप से हो सकता था।

रोग हो जाने की आशंका का कारण दोनों के लिए अलग-अलग था। माया को उसके पति ने दमे से पीड़ित, आयु से थके हुए, किसी भी काम के लिए अयोग्य, सम्बन्ध में अपने बड़े भाई की संरक्षता में इलाज के लिए भेजा था। इलाज के लिए दोनों एक ही जगह, भुवाली में थे।

एक ही बंगले का आधा-आधा भाग लेकर रह रहे थे। इलाज एक ही डॉक्टर का और लगभग एक ही जैसा था।

क्षय का रोग जितना भयंकर है, इलाज उसका उतना ही सीधा और सरल है। पूर्ण विश्राम, अच्छा भोजन और प्रसन्न रहना। डॉक्टर साहब अपने रोगियों को स्पष्ट शब्दों में कहते रहते थे—"डॉक्टर जादू से आपका इलाज नहीं कर सकता। इलाज आपके हाथ में है। डाक्टर केवल सुझाव देकर और दवा बता कर सहायता कर सकता है।"

इसी स्पष्टवादिता के सिलसिले में डॉक्टर साहब माया को सहानुभूति भरी डांट भी सुनाते रहते थे। डॉक्टर हर सातवें दिन अपने मरीज को तौल कर उनका वजन घटने-बढ़ने से उनके स्वास्थ्य में सुधार का अनुमान करते रहते थे। माया के वजन में कभी तोला भर भी बढ़ती न पाकर और अपने नुस्खे असफल होते देख कर वे परेशानी में माया के जेठ से पूछते—"क्या बात है?···यह क्या खाती है?····कितना खाती है? ····कभी घूमने जाती है या नहीं?····कभी हँसती-बोलती है? वगैरह-वगैरह।

माया के जेठ मुन्शी जी दमे और वृद्धावस्था की दुर्बलता के कारण रेंगते से स्वर में सब बातों के लिए असन्तोषजनक उत्तर देकर अपने समझाने का कुछ असर न होने की शिकायत कर देते।

डॉक्टर जिम्मेदारी के अधिकार से रोगी को डाँटते—"क्या गुम-सुम बनी बैठी रहती हैं आप? इलाज नहीं कराना है तो आगरा लौट जाइए!····हमारी बदनामी कराने से आपका क्या फायदा? इन्हें देखिए!" डॉक्टर साहब निगम की ओर संकेत करते, "पन्द्रह दिन में तीन पौण्ड वजन बढ़ गया। आप डेढ़ महीने से यों ही पड़ी हैं।···अभी कुछ बिगड़ा नहीं है लेकिन आपका यही ढंग रहा तो रोग बढ़ जाएगा···।"

लौटते समय डॉक्टर साहब माया के जेठ, उनके पड़ोसी निगम और निगम की माँ 'चाची' सबसे अपील कर जाते—आप लोग इन्हें समझाइए···· कुछ खिलाइए-पिलाइए और हँसाइए!"

निगम साधारणतः स्वस्थ परिश्रमी और महत्वाकांक्षी व्यक्ति है। वह चित्रकार है। पिछले वर्ष दिसम्बर में वह अमरीका में होने वाली एक प्रदर्शनी में भेजने के लिए कुछ चित्र बना रहा था। उसे इनफ्लूएंजा हो गया। बीमारी में विश्राम न करने के कारण उसका बुखार टिक गया।

डॉक्टरों के परामर्श से इलाज में जलवायु की सहायता लेने के लिए वह भुवाली चला गया। उसे तुरन्त ही लाभ हुआ। स्वस्थ हो जाने पर वह 'जरा और मृत्यु पर जीवन की विजय' का एक चित्र बनाना चाहता था। इसी भावना को वह अपने चारों ओर अनुभव कर रहा था। स्वास्थ्य और जीवन के प्रति माया के निरुत्साह से उसके मन में दर्द-सा होता था।

माया के गुम-सुम और चुप रहने पर भी निगम को 'चाची' से यह मालूम हो गया था कि माया आगरे के एक समृद्ध कायस्थ वकील की तीसरी पत्नी है। चौबीस-पच्चीस वर्ष की आयु में भी उसकी गोद सूनी रहने पर भी वह कानूनन वकील साहब के पाँच बच्चों की माँ है। माया के विवाह से पहिले वकील साहब की पहली पत्नी दो लड़कियाँ, एक लड़का और दूसरी पत्नी दो लड़कियाँ छोड़ कर एक दूसरी के बाद क्षय रोग से चल बसी थीं। जब वकील साहब की आयु प्रायः छियालीस वर्ष की थी, उन्होंने गृहस्थी सँभालने और अपना अकेलापन दूर करने के लिए माया को पत्नी के रूप में स्वीकार कर लिया था। माया के बीस वर्ष की हो जाने तक भी उसके पिता को लड़की के लिए कोई अच्छा वर न मिला था। शायद वे वकील साहब की दूसरी पत्नी की मृत्यु की ही प्रतीक्षा कर रहे थे।

माया अपने जीवन का क्या भविष्य समझ बैठी है, यह अनुमान कर लेना निगम के लिए कठिन न था। उसका मन सहानुभूति से माया की ओर झुक गया। एक भरे यौवन का यों बरबाद हो जाना उसे अन्याय जान पड़ रहा था।

माया के लिए 'भरे यौवन' शब्द का प्रयोग केवल सहानुभूति से ही किया जा सकता था। आयु चौबीस-पच्चीस की ही थी। शरीर भी छरहरा और ढाँचा सुडौल था। सलोने चेहरे पर चमक भी था परन्तु आँसुओं की नमी से सील कर बहा जा रहा था। आँखों के नीचे और गालों में गढ़े पड़े हुए थे, जैसे किसी अच्छे-खासे बने चित्र पर मैला पानी पड़ जाने से रंग बिगड़ जाये और केवल बाह्याकृति ही बची रहे।

निगम ने जिस नेकनीयती और मन की सफाई से माया की ओर आत्मीयता का आक्रमण किया था, उसकी उपेक्षा और विरोध दोनों ही सम्भव न थे। हाथ में ताश की गड्डी फरफराते हुए वह चाची से घर और चौके का काम छुड़वा कर उन्हें जबर्दस्ती बरामदे में बुला लेता और

फिर माया के जेठ को ललकारता 'आइए मुन्शी जी, दो-दो हाथ हो जाएँ।' इसके साथ ही माया से भी खेल में शामिल होने का अनुरोध करता। बिरादरी के नाते वह माया को निधड़क 'सक्सेना भाभी' कह कर सम्बोधन करता।

उस महफिल में त्रुप का ही खेल चलता। निगम बड़े जोश से 'वह मारा पापड़वाले को!' चिल्ला कर गलत पत्ता चल देता और फिर अपनी भूल पर विस्मय में सिर खुजाते हुए 'अरे!' पुकार कर सबको हँसा देता।

माया के रक्तहीन ओंठ मुस्कराये बिना न रह सकते।

"निगम चुनौती देता—"आप हँसती हैं? अच्छा अबकी लीजिए!"

पाँच-सात मिनट में फिर कोई जबरदस्त दाँव दिखाई पड़ जाता। पुकार उठता—"यह देखिए खरा खेल फरक्कावादी" और फिर वैसी ही भूल हो जाती।

ताश के खेल के अतिरिक्त निगम की आपबीती, हँसोड़ कहानियों का अक्षय भंडार भी माया को विस्मय से सुनने के लिए विवश कर देता था। माया की उदासी कुछ पल के लिए दूर हो जाती। वह कभी माया को कोई कहानी की पुस्तक, पत्रिका या चुने हुए चित्रों को अलबम ही दिल बहलाने के लिए दे देता। निगम ने इन चित्रों को अपने व्यवसाय में उपयोग के लिए चुना था। उनमें अनेक देशी-विदेशी अर्धनग्न या नग्न चित्र भी थे। इनका उपयोग निगम अपने चित्रों में अंगों के अनुपात ठीक बना सकने के लिए करता था। माया को अलबम देते समय शिष्टाचार के विचार से ऐसे चित्र निकाल लेता था।

निगम की सहृदयता के प्रभाव से माया की चुप्पी कुछ-कुछ हिलने लगी थी पर वैसे ही जैसे बहुत दिन से उपयोग में न आने वाले तालाब पर जमी मोटी काई कभी वायु के झोंके से फट तो जाती है परन्तु तुरन्त ही मिल भी जाती है। माया पुस्तकों या पत्रिकाओं को कितना पढ़ती और समझती थी, इस विषय की कभी कोई चर्चा न होती थी। हाँ, जब निगम बँगले के आँगन से दिखाई देने वाले दृश्यों के, माया के सामने खींचे हुए फोटो माया को दिखाता, तो स्तुति की मुस्कराहट जरूर माया के ओठों पर आ जाती और वह दो चार शब्दों में फोटो की प्रशंसा भी कर देती।

माया को उत्साहित करने के लिए निगम कह देता—"आप भी सीख लीजिए न फोटो बनाना।…बड़ा आसान है। कुछ करना थोड़े ही होता है। बस अच्छे दृश्य के सामने कैमरा खोल देना और बन्द कर देना; तसवीर तो आपसे आप बन जाती है।"

"क्या करूँगी?…मुझे क्या करना है।" माया टाल देती। निगम उसे जीवन के प्रति उदास न होने की नसीहत देने लगता। उस बात से जान बचाने के लिए कोई दूसरी बात करने लगती, "यह मेरा नौकर बाजार जाता है तो वहीं सो रहता है। देखूँ शायद आ गया हो।"

ऐसे ही एक दिन निगम माया को नये बनाये फोटो दिखा रहा था और समझा रहा था—"आदमी कुछ करता रहता है तो उदासी नहीं घेरती।"

माया कह बैठी—"अच्छा हमारा एक फोटो बना दीजिए।"

"जरूर!" निगम ने उत्साह से उत्तर दिया, "जब कहिए!"

"अरे जब हो; चाहे अभी बना दीजिए।"

अवसर की बात, उस समय निगम के पास फिल्म समाप्त हो चुकी थी। फिल्म समाप्त हो जाने का कारण बताकर उसने विश्वास दिलाया कि किसी दिन वह खुद या उसका नौकर करमसिंह नैतीताल जाएगा तो फिल्म आ जाएगी, वह सबसे पहले माया का फोटो बना देगा।

माया का फोटा बना देने की बात होने के चौथे या पाँचवें दिन करमसिंह कुछ सामान लेने नैनीताल गया था। लगभग दिन डूबने के समय लौटकर करमसिंह सामान और बचे हुए पैसे निगम को सहेज रहा था। माया ने आकर पूछ लिया—"भाई साहब, फिल्म मंगवा लिया है।"

"हाँ हाँ, क्यों नहीं!" फिल्म की बाबत भूल जाने की बात निगम स्वीकार न कर सका, "क्यों, क्या फोटो अभी खिंचवाइएगा?" उसने उत्साह प्रकट किया।

"अभी बना दीजिए।" माया को भी एतराज न था।

"मुंशी जी को बुला लें?" निगम ने सोचकर कहा।

"वे तो बाजार गये हैं देर में लौटेंगे!"

"आप भी तो कपड़े बदलेंगी, तब तक रोशनी कम हो जायगी।" निगम ने दूसरा बहाना सोचा।

"कपड़ों से क्या है?" उपेक्षा से माया ने उत्तर दिया, "कपड़े बदल कर क्या करना है? ठीक तो है?"

कोई और बहाना सोचते हुए निगम कैमरे में फिल्म लगा लाने के लिए भीतर चला गया। फोटो के सामान की आलमारी के सामने खड़ा वह सोच रहा था, माया का मन रखने के लिए बोले हुए झूठ को कैसे निबाहे! उसकी उँगलियाँ उन चित्रों को पलट रही थीं जिन्हें उसने एलबम माया को देने से पहले निकाल लिया था। मन में एक बात कौंदकर उसके होठों पर मुस्कान आ गयी। कैमरे में फिल्म की जगह पर समा सकने लायक एक फोटो उसने चुन लिया।

दो मिनट के बाद निगम कैमरे को तैयार हालत में लिए बाहर आया—"लीजिए कैमरा तो तैयार है।" उसने माया को सम्बोधन किया।

"अच्छा।" माया भी तैयार थी।

"साड़ी नहीं बदली आपने?" निगम ने पूछा।

"ठीक है। क्या जरूरत है?"

"आप कहती हैं न, साड़ी की तसवीर थोड़े ही बनवानी है।" निगम मुस्कराया।

"हाँ, साड़ी से क्या होगा? जैसी हूँ वैसी ही रहूँगी।"

"आपके बैठने के लिए कुर्सी लाऊँ?"

"न, ऐसे ही ठीक है।"

"जैसे मैं कहूँ बैठ जाइए।"

"अच्छा।"

"बरामदे में सामने से रोशनी आ रही है। यहाँ फर्श पर बैठ जाइए। दायीं बाँह की टेक ले लीजिए।...बायीं बाँह को सामने ऐसे रहने दीजिए।...गर्दन जरा ऊँची कीजिए...हाँ, सिर उधर कर लीजिए जैसे उस पेड़ की चोटी पर देख रही हो....हाँ।"

माया निगम के निर्देशानुसार बैठ गयी।

निगम ने चेतावनी दी—"अब आधा मिनट बिल्कुल हिलिएगा नहीं।" वह स्वयं दो गज परे फर्श पर उकड़ूँ बैठकर कैमरे को माया की ओर साध रहा था। कैमरे की आँख खुलने का और बन्द होने का 'टिक' शब्द हुआ।

''थैंक्यू, बस हो गया।'' निगम ने हँसकर कहा।

''जाने कैसी बनेगी?'' माया फर्श से उठती हुई बोली।

''अभी मालूम हो जायेगा।'' निगम ने तटस्थता से उत्तर दिया।

''अभी कैसे?'' माया ने विस्मय प्रकट किया, ''एक-दो दिन तो लगते हैं बनाने में।''

''हाँ ऐसे कैमरे और फिल्म भी होते हैं।'' निगम ने स्वीकार किया और बताया, ''यह दूसरी तरह का कैमरा है।''

''यह कैसा है?'' माया का विस्मय बढ़ा।

''इस कैमरे से फोटो पाँच मिनट में आप ही तैयार हो जाती है।'' निगम ने समझाया और अपनी कलाई पर घड़ी की ओर देखकर बोला, ''अभी दो मिनट ही हुए हैं।''

शेष तीन मिनट माया उत्सुकता से प्रतीक्षा करती रही। दो मिनट और गुजर जाने पर निगम ने ठिठक कर कहा...''आधा मिनट और ठहर जाना अच्छा है। जल्दी करने से कभी-कभी फोटो को हवा लग जाती है।'' माया उत्सुकता से अपलक कैमरे की ओर देखती रही।

निगम कैमरे को ऐसी बेबाकी से माया की आँखों के सामने खोलने लगा कि सन्देह का कोई अवसर न रहे। जैसे जादूगर दर्शकों के सामने झाड़कर दिखा देने के बाद लपेट लिए रूमाल में से अद्‌भुत वस्तु निकालते समय आहिस्ते-आहिस्ते, दिखा-दिखा कर तह खोलता है। कैमरे का पिछला हिस्सा खुला। फोटो की सफेद पीठ दिखाई दी। निगम ने फोटो को स्वयं देखे बिना माया की ओर बढ़ा दिया।

माया का हाथ उत्सुकता से फोटो की ओर बढ़ गया था; परन्तु फोटो आँखों के सामने आते ही उसके हाथ से गिर गई, आँखें झपक गयीं और शरीर में थोड़ा बहुत जो भी रक्त था, पीले चेहरे पर खिंच आया।

''क्यों?'' भोले स्वर में निगम ने विस्मय प्रकट किया।

''यह हमारा फोटो है?'' माया आँखें न उठा सकी परन्तु होंठों पर आयी मुस्कान भी छिपी न रही।

निगम ने आरोप का विरोध किया—''आपके सामने ही तो फोटो लेकर कैमरा खोला है।''

"इसमें हमारे कपड़े कहाँ हैं?" तनिक आँख उठाकर माया ने साहस किया। फोटो में माया की तरह छरहरे शरीर परन्तु बहुत सुन्दर अनुपात के अवयव की निरावरण युवती; दायीं बाँह का सहारा लिए एक चट्टान पर बैठी, कहीं दूर देख रही थी।

"आपने ही तो कहा था।" निगम ने सफाई दी, "कि कपड़ों की फोटो थोड़े ही खिचवानी है।"

"ऐसा कहीं होता है?" माया ने झेंप से अविश्वास प्रकट किया और उसका चेहरा गंभीर हो गया।

"ओहो!" निगम ने परेशानी प्रकट की, "आपने क्या एक्सरे नहीं देखा कभी! ऐसा भी कैमरा होता है जिसमें शरीर के भीतर की हड्डी और नसें आ जाती हैं।" अपना कैमरा दिखाकर वह कहता गया, "इस कैमरे से कपड़ों के भीतर से शरीर की फोटो आ जाती है। आप यदि पूरे कपड़ों समेत चाहती हैं तो दूसरे कैमरे से वैसी ही फोटो खींच दूँगा।"

माया ने एक बार फिर फोटो को देखने का प्रयत्न किया परन्तु देख न सकी। उसका चेहरा गंभीर हो गया। वह उठकर अपने कमरे में चली गयी।

निगम भी कैमरा और चित्र सम्भाल कर अपने कमरे में चला आया। कुछ देर बाद वह चिन्ता में सिर झुकाये पछताने लगा, यह क्या कर बैठा? माया हँसने की अपेक्षा चिढ़ गयी।...नाराज हो गयी। कहीं चाची से शिकायत न कर दे।....शिकायत कर सकती है या नहीं? रात में नींद आ जाने तक यही विचार निगम को विक्षिप्त किये रहा और इस परेशानी के कारण नींद भी जरा देर से आयी।

अगले दिन निगम का पश्चात्ताप और चिन्ता बढ़ गई। माया की नाराजगी अब साफ ही थी। प्रातः सूर्योदय के समय माया कुछ क्षण के लिए धूप में आती थी और निगम से नमस्कार कुशल-क्षेम हो जाती थी। उस दिन माया दिखायी नहीं दी। निगम क्या करता? तीर कमान से निकल चुका था। वह केवल अपने को ही समझा सकता था कि उसकी नीयत खराब न थी। उसने केवल हँसी की थी। हँसी दूर तक चली गई।

पश्चात्ताप के कारण निगम स्वयं भी चुप हो गया। उसकी चुप्पी चाची से छिपी न रही। उन्होंने पूछा—"जी तो अच्छा है!"

निगम ने एक किताब में ध्यान लग जाने का बहाना कर चाची को टाल दिया परन्तु उदासी न मिटा सका। वह किताब पढ़ने का बहाना किये दस बजे तक अपने कमरे में लेटा रहा।

कमरे के बाहर से आवाज आई—"सुनिए।"

आवाज पहचान कर निगम तड़प उठा—"आइए!"

माया दरवाजे में आ गई। कलफ की हुई खूब महीन धोती में से पीठ पर फैले गीले केश झलक रहे थे। लज्जा से आँखों की मुस्कान छिपाते हुए बोली—"भाई साहब, हमारा फोटो दे दीजिए।"

निगम के मन से पश्चात्ताप और दुश्चिन्ता ऐसे उड़ गई जैसे फूँक मारने से आईने पर पड़ी धूल साफ हो जाती है।

"कल वाला?" जैसे याद करने की चेष्टा करते हुए उसने पूछा। "हाँ।" माया ने हामी भरी।

"वह तो हमने अपने पास रखने के लिए बनाया है।" निगम ने गंभीरता से विचार प्रकट किया।

"वाह तस्वीर तो हमारी है?" माया ने अधिकार प्रकट किया।

"आपकी है? कल आप कह रही थीं कि तस्वीर आपकी नहीं है।"

"दीजिए! आपने ही तो खींची है।" माया ने आग्रह किया। उसकी आँखों में चपक थी और स्वर में कुछ मचल।

"अच्छा ले लीजिए!" निगम ने पराजय स्वीकार कर ली और तस्वीर मेज पर से उठा कर माया की ओर बढ़ा दी। माया ने दो-तीन सेकेण्ड तक तस्वीर को तिरछी निगाहों से देखा और फिर लजाकर विरोध किया—"हमारी नहीं है तस्वीर?"

"अभी आप मान रही थीं।" निगम ने उलझन प्रकट की, "क्यों?"

"यह तो बहुत अच्छी है। हम ऐसी कहां हैं?" माया की आँखें झुक गयीं और चेहरे पर लाली बढ़ गई।

माया के नये धुले केशों से सुगन्धित साबुन से सद्य-स्नान की सुवास आ रही थी। अपने रक्त में झनझनाहट अनुभव करके भी निगम ने कह दिया—"हैं तो!···नहीं तो तस्वीर कैसे सुन्दर होती?"

"सच कहते हैं?" माया ने निगम की आंखों में सच्चाई भांपने के लिए देखा।

"हां, बिल्कुल सच।" निगम को माया की लज्जा और पुलक से अद्‌भुत रस मिल रहा था।

माया फिर फोटो की ओर देखती रही—"इसे फाड़ दीजिए!" आँखें चुराये उसने कहा!

"मैं तो इसे सम्भाल कर रखूँगा?" निगम ने उत्तर दिया, "लखनऊ जाने पर याद आने पर इसे देखूँगा।"

माया ने निगम की आँखों में देखना चाहा पर देख न सकी। फोटो उसने ले लिया—"आपको फिर दे दूँगी।" फोटो को हाथ में और हाथ को धोती में छिपाये वह अपने कमरे में चली गयी।

माया के चले जाने पर निगम फिर लेट गया और सोचने लगा—पाँच-सात मिनट में बात कहाँ से कहाँ पहुँच गयी—जीवन का बिल्कुल दूसरा दृश्य उसकी आँखों के सामने आ गया।

अब तक निगम और माया में जो बात होती, सभी के सामने और खूब ऊँचे स्वर में होती थी, परन्तु अब अकेले में करने लायक बात भी हो गयी। असाधारण और विशेष में ही तो सुख होता है। जिसे पाने में कठिनाई हो, वही पाने की इच्छा होती है। अकेले में और दूसरों के कान की पहुँच से परे होने पर निगम कह बैठता—"वह तस्वीर आपने लौटायी नहीं?"

"हमारी तस्वीर है, हम क्यों दें? पर अच्छी थोड़े ही है!" माया होंठ बिचका देती।

"हमें तो अच्छी लगती है!"

"आप तो यों ही कहते हैं!"

"अच्छा, किसी और को दिखाकर पूछ लो।

"धत्त!"

"क्यों?"

"शरम नहीं आती, ऐसी तस्वीर? बड़े वैसे हैं।" माया प्यार का क्रोध दिखाती।

वह आँचल को सम्भाले बिना झपाटे से फर्श पर खड़ी हो गयी। दोनों हाथों की मुट्ठियाँ बाँधे आँसुओं से डबडबाई आँखों में चिनगारियाँ भरकर उसने होंठ चबाकर धमकाया—"जाओ! जाओ! हट जाओ!"

निगम के पाँव तले से धरती निकल गयी। एक कँपकपी सी आ गयी। अवाक् रह गया।

माया फिर पलंग पर गिर पड़ी। वह अपना सिर बाँहों में छिपाकर औंधे मुँह लेट गयी। उसकी पीठ बहुत जोर की रुलाई से हिल रही थी।

निगम एक क्षण उसकी ओर देखता खड़ा रहा और फिर किवाड़ खोल कर तेज कदमों से चला गया।

निगम अगले दिन चाची के जोड़ों के दर्द की चिन्ता से लखनऊ लौट गया।

माया का ज्वर फिर बढ़ने लगा। डाक्टर ने सप्ताह भर उसके स्वास्थ्य में सुधार हो सकने की प्रतीक्षा की। ज्वर नहीं रुका।

डॉक्टर ने राय दी—"बरसात की सर्दी और सील आपको माफिक नहीं बैठ रही। दो महीने का मौसम ठीक नहीं। आप आगरा लौट जाइए। सितम्बर के मध्य में लौट सकें तो लाभ हो सकता है....।"

फिर माया के विषय में कोई समाचार नहीं मिला।

●